CLAIRE CASTILLON

Les pêchers

ÉDITIONS DE L'OLIVIER

ISBN 978.2.8236.0790.1

© Éditions de l'Olivier, 2015.

TAMARA

1

J'ai pas de limite de vitesse quand je pars chercher sa fille à la gare. C'est comme si j'étais la voiture, avec le cœur qui frotte le goudron, tellement fort qu'il le décolle. Après, il se fixe dans mes poumons, faut voir tout ce que je fume pour l'intoxiquer. Le tabac est l'arme essentielle. Claude est furieux que je me délabre. Il me décrit le dernier sinus qu'il a soigné, enfin perdu. Tu vas mourir, me dit-il à bout, et Esther saute sur ses genoux. Elle est contente mais elle dit Non, non Tarama, reste avec nous !

J'ai oublié ce que je fais ici, dans cette maison de bord de ville avec un mari imminent et un cabinet attenant. Je regrette tellement mon Quick d'avant. Il avait des poils, des tatouages, une pieuvre dans le dos. Il aurait pu se tatouer un lion. C'était le genre à aimer les fauves. La pieuvre c'est toi, je t'ai sous la peau, donne-moi ton encre, il chuchotait. Il me disait très peu de mots. Il venait me chercher au travail, j'étais fière dès que je le voyais. Je sentais que certaines filles m'enviaient à cause de son air de vrai mâle, de la douceur par-dessus tout, et du regard qui vrillait nulle part, juste vers moi, il voyait que moi. Mais aujourd'hui, je suis enfermée, je ne sais pas ce qui s'est passé. Quick est parti pour ailleurs et moi j'ai arrêté de manger, jusqu'à ce que Claude, mon gros chat, quelquefois je l'appelle ma cuiller, se mette à me donner la becquée.

Je suis entrée dans son cabinet, poussée par Lise qui m'aimait bien, mais qui n'avait pas vu ma peine. Elle croyait que je reniflais pour autre chose, rhume, grippe, qu'importe. On travaillait tout à côté, elle aux badges et moi aux cadeaux. Elle m'a dit que c'était moyen, l'hôtesse qui se mouche dans les paquets. Je les remettais aux gens qui partaient pour leur dire merci d'être venus, mais j'avais plus le son qui sortait. Je les leur tendais comme des poubelles. Lise a tenu à soigner mon nez, et m'a envoyée chez son frère. Quand Claude m'a examinée, je lui ai tout de suite parlé de Quick, l'absence, la rupture pas vraiment, le chagrin pire qu'une montgolfière. Claude m'a emmenée au restaurant. On a bu du vin en carafe, j'ai vu que je me sentais bien mieux dès que je n'étais pas seule chez moi. Il a proposé d'y remédier. Il m'a offert, pour la journée, une chaise dans sa salle d'attente. Et la nuit, je dormais chez lui. Il occupait le canapé, mais je le trouvais trop loin du lit. Il s'est couché sur un fauteuil, il faisait semblant de me soigner, je me rendormais en respirant. Il fallait me border nuit et jour, je disais Quick n'importe quand, il sortait de ma bouche par hasard, et Claude y voyait un bon signe.

– Il s'éloigne, tu le craches, disait-il.

Claude me faisait des certificats, je n'allais plus jamais travailler. Il semblait m'aimer de plus en plus. Un jour, je n'ai plus mentionné Quick. Si je parle de lui, j'en perds un peu. Je n'ai pas envie de perdre mon chagrin, c'est tout ce qui me reste de sa présence. Claude croit que je suis débarrassée. Maintenant, il me fait payer l'époque où je criais son nom en dormant. J'aurais pas dû croire qu'il m'aidait. Claude me prenait dans ses filets. La gentillesse n'existe pas, chacun ramène toujours à soi. Aujourd'hui, Claude veut une compagne. Une femme, il trouve ça agréable, du moment qu'elle reste un ornement, une médaille, et pas un état. Quick me mettait dans des états, et Claude promet d'y remédier. Je suis une femme sur le papier mais dans la vie, c'est terminé. Il va me dresser. Claude a soigné des gens comme moi, il faut les tenir loin de leur genre, sinon ils se dévorent eux-mêmes. Quand Claude se lance sur le sujet, moi je réponds rien, je me restreins. Si je m'exprime, même un peu et sans prétention, il va me démontrer de me taire. Je t'ai sauvée de ton propre sexe, me murmure Claude en m'embrassant. Moi, je trouve juste qu'il a bouffé de l'ail, un truc pas sain, il pue longtemps. Quand l'amour commence à sentir, je sais bien qu'il faudrait partir.

C'est très bien d'être une femme, dit-il, mais trouve quelque chose à côté, une occupation, un métier. Hôtesse d'accueil, c'est impossible. Il m'a sortie de là, se vante-t-il, comme s'il me parlait du trottoir. Alors je me rebelle, je travaillais pour des gens bien, c'était pas non plus dégradant. OK, la tâche était lambda, pas folichonne, là, je suis d'accord, mais au fond, c'était mieux qu'autre chose. Guichetière, il n'aurait pas aimé, ni vendeuse, ni rien que j'aurais fait pour garder la tête libre, penser. Les métiers trop intéressants remplissent une vie. Moi, je veux aimer. Tu trouves ça chic de tenir une porte à des gens qui ne remercient pas ? Le serre-tête t'allait très très mal, et les tailleurs, n'en parlons pas. Claude est du genre à fantasmer sur les tailleurs, si je suis pas dedans. On a rarement vu un homme dire autant à une femme que les choses ne lui vont pas, sauf celles qu'elle ne peut pas porter. J'ai une tête à bibis, me jure-t-il. Je devrais parfois lui rire au nez mais je suis sous son autorité, j'ai comme un réflexe dans le sang qui me soumet.

Pour l'hôtesserie, je lui réponds que de toute façon je souffrais des pieds, de douleurs terribles dans les genoux. Je raconte que je mouillais mes collants afin de rafraîchir mes jambes et Claude me demande d'arrêter, l'air dégoûté, la tête rejetée, c'est pas un herpès non plus, ce que je décris, mais je le dégoûte comme hôtesse. Écoute, je ne peux pas vivre avec une hôtesse d'accueil, a-t-il résumé, c'est pareil que si tu étais concierge ou femme de ménage. Tu es belle, enfin jolie, tu vas devenir la femme d'un médecin, tu dois te trouver une activité convenable. Lise hôtesse, il trouve ça très bien. Courageux, même, mais c'est sa sœur. Elle rêve d'être vétérinaire. Elle a quelque chose dans le crâne. Elle n'est pas hôtesse de structure. Elle donne un coup de main à son homme. Sinon, elle est de la trempe d'Aimée, la mère d'Esther, une femme solide. Pas le genre à se laisser déborder, l'inverse de moi en résumé.

Marie, c'est mon amie dans le cœur, je l'ai prise comme un poids lourd un jour, et elle m'a écrasée de bonheur. Je lui confie tout, elle s'en occupe. Sur Claude, elle constate que c'est fréquent, aujourd'hui, les types d'un autre siècle. Je sais pas si c'est un compliment. Elle veut dire qui rabaissent leur femme pour se la garder cabossée, et la redresser, à coups de gnons, donnés par le dedans cette fois, comme s'ils voulaient l'aimer deux fois. Je veux prouver que ma petite personne ne se résume pas à hôtesse, et que j'héberge un vrai paysage, intérieur et très personnel, mais je crains de paraître prétentieuse. Et puis je n'ose pas m'opposer. Depuis que j'habite avec Claude, c'est comme si je devais obéir, alors qu'il suffit de décider, une valise, un train et adieu. Mais je reste là, Claude comme tuteur. Il m'héberge, me cadre, me nourrit. Je me repose les jambes, la tête. Mine de rien, c'était compliqué, pas la tâche mais les discussions, entre hôtesses, toute la journée. J'aimais pas ma bande de copines. On s'inventait des vies pas vraies, on rivalisait dans le récit. Le coup de Lise vétérinaire, c'était juste du flan, du discours. Au fond, elle était comme nous, elle n'avait pas d'autres dimensions. La preuve, elle était là, à arrondir les fins de mois de son mari qui ne suffisait pas. Et elle cancanait, comme les autres, avec un air plus philosophe. Elle nous disait Les filles, je comprends que vous fonciez tête baissée dans des histoires mordantes avec des chiens divagants. Ils ont du panache ces chiens-là ! Mais n'essayez pas de les fidéliser. À quoi bon s'attacher à une bête sauvage si c'est pour la domestiquer ?

À l'heure des pauses, j'étais très fière, j'en prenais pas, je donnais ma part. C'était comme si je savais déjà qu'un jour je m'en sortirais mieux qu'elles. Quand j'ai arrêté de travailler, j'ai profité des derniers jours pour dire aux filles mon coup de foudre, ma chance de dingue, le sauveur, la vie rêvée de l'hôtesse de base qui vient de percuter le prince charmant. Lise adorait que j'évoque son frère. Ça la flattait, en tant que vieille, de bavarder avec les jeunes. Son frère la valorisait bien, surtout quand les filles suppliaient : Dis-nous, Lise, tu n'en as pas d'autres ? Alors elle mentionnait son Guy, mais vu que c'était son mari, elle ajoutait C'est chasse gardée.

Chirurgien, on peut pas faire mieux, après Quick qui les faisait baver. Je suis la plus forte, je m'en vais solide, il ressemblait à ça, mon départ. Les hôtesses, c'était terminé. Je me suis offert dix secondes de gloire. Claude m'attendait dehors, sombre, noir, le col relevé, main sur le cou, il m'a dit que j'étais en retard. Maintenant je suis chez lui, enfermée, un peu comme quand je tenais le vestiaire. Des habits vides autour de moi, des formes de gens, on entre, on sort, je participe juste au va-et-vient.

Pour quitter Claude, il y a bien la mort, mais c'est ma tendance dramatique. Je peux la parler à l'infini mais j'ai pas le courage évident. Et puis qui sait ?

Quick peut revenir. Je l'ai agacé avec mes ombres. Je faisais exprès de le titiller, de lui demander ce que je ne voulais pas, un enfant, une vie sous le même toit. Quand il a admis de m'épouser, j'ai filé vers un autre rêve. J'ai lancé un autre projet : amants éternels, tu ne veux pas ? J'ai cru qu'il allait faire un tour, mais il n'est jamais revenu.

2

Je veux me sentir libre en roulant vite. Je projette un petit dérapage, un tête-à-queue, un truc magique qui laisserait des traces sur la terre. En ce moment, c'est plutôt l'inverse, point A-point B. J'ai beau chercher les chemins de traverse, Claude a déjà tout balisé. Je me sens télécommandée. Où que j'aille, c'est lui le conducteur. Je n'ai plus d'espace de décision, à part fumer pour le rendre fou et dire si je souhaite, pour notre mariage, un déjeuner ou un dîner. Parce qu'un goûter, c'est pas possible. Et pourquoi pas du Nutella ? m'a soufflé Claude en grimaçant, alors que je proposais des crêpes. Trouve-toi une robe, me presse-t-il pendant que je joue la rebelle : je veux porter du rouge ou du noir, un tee-shirt long irait très bien, et puis des tongs. Il me conseille une couturière qui a fait la robe de mariée de sa sœur Lise. Lise était si belle en mariée. Tous les hommes se seraient damnés. Claude ne comprend pas ce que sa sœur trouve à Guy, un mollasson un peu froid. Mais sa robe était réussie. Voilà le bain de phrases dans lequel je me noie. Quick, au moins, mettait du relief. Il disait rien du tout de sa sœur, et puis on ne la voyait jamais. Ou seulement pour se moquer d'elle. On l'invitait à déjeuner et on cuisait des épinards, avec le jus vert dans l'assiette pour la voir saucer, dégoûtante, et se rappeler notre premier baiser, de l'épinard au coin des bouches. C'est pas forcément poétique le tout début du grand amour.

Quick n'avait pas le museau pointu mais il ressemblait à un renard, il n'était pas rusé non plus, mais il rôdait. Claude insiste, il voudrait du blanc, il est tenté par le blanc crème, le blanc cassé, voire coquille d'œuf, parce qu'il trouve ça original, mais il persiste, le blanc quand même, j'aimerais avoir une vraie mariée.

Le train d'Esther arrive. Je rosis. À pas tenus, elle se faufile, moi je me dérobe. Esther ne rosit pas, jamais, elle est du style belle porcelaine. On se retrouve toutes deux face à face pour le quarante-septième week-end. Deux jours où je peux pas me retourner sans l'avoir juste derrière moi, qui vérifie que j'embrasse personne, que Claude me parle bien à un mètre, qu'on ne s'assoit pas sur le même sofa, deux jours à la sentir partout, des fois que je veuille son père pour moi, mais son père, j'en ai rien à foutre, à part que je l'aime un peu, bien sûr, et qu'il me fait peur en même temps, mais c'est quand même ma petite cuiller. Pourquoi j'ai peur dès qu'on m'attend ?

Esther veut nous surprendre, voir ce qu'on trafique dans son dos, alors elle se pointe à pas de loup, et pour peu qu'on s'embrasse, elle part en poussant un petit cri, je dérange pas mais je suis là quand même, je demande rien mais j'exige beaucoup. Elle m'ankylose, c'est pas sa faute, enfin si, tout de même, faut avouer, mais je le répète tel quel, rien de plus, au moins j'ai la paix avec Claude. De temps en temps, elle se déclare, je suis la meilleure des belles-mères, la plus belle et la plus gentille. Après, elle écrit sur des feuilles que je suis une cruelle, une sorcière, et puis elle laisse traîner le papier, ou bien le plie dans la corbeille pour que je le lise. J'ai été enfant avant elle, moi aussi j'ai semé de l'intime, mais le mien avait des pétales. Le sien, on dirait du chiendent. Et quand je répète à son père que ses mots pour moi sont méchants, il répond sur le ton docteur que les mots d'enfant qui traînent ne sont jamais à prendre à la légère.

Je réceptionne ma colle à la gare. Je prends sa valise. Claude a noté sur ma liste que je dois l'aider à la porter. Il dit souvent qu'elle est petite et que c'est à moi de m'adapter. Après, je fais comme elle, nez aux pieds. Mais je souris pour que les autres m'envient. Si jamais des hôtesses passaient. Je m'invente un présent attrayant. Pour les gens de la gare qui m'entourent, ma demi-puce rentre chez nous. Elle est en préadolescence, d'où sa bobine de six pieds de long. Mais notre amour, c'est du béton. Savoir recomposer ainsi, c'est du génie. Peut-être qu'on se ressemble, toutes les deux, à force de bouffer la même chose, d'aller en vacances au même endroit. Parfois je me pose des questions mais si je les pose à Claude, il tique. Il veut que j'aime sa fille et c'est tout, y a rien à dire autour de l'amour, c'est comme quand je recule sous ses doigts, alors que je devrais jouer avec, leur ouvrir ma bouche, les flatter, même s'ils ont passé la journée à tripoter glandes et gorges. Quand on aime, on perd le dégoût, normalement, quand on est normal, quand on a les capacités mentales pour profiter. Si on n'a pas trop de nerfs, on aime bien se laisser aimer.

Esther monte dans la voiture. Elle est déçue que son père ne vienne pas la chercher avec moi. Mais il a beaucoup de patients, et moi je peux bien faire le chauffeur, apporter de l'utile au foyer. Chaque jour qui passe est un jour gagné vers sa majorité. Après, Esther ne viendra plus. On sera tous les deux, Claude et moi. C'est parce qu'elle est là que ça ne marche pas. Je respire mal en présence d'Esther, elle me regarde tout le temps, je suis sa lampe. Je l'éclaire, je la brûle en même temps. Je sais très bien ce qui bouffe sa tête, j'ai mal pour elle d'être si jalouse. Elle ne se rend pas compte que son père en entier serait trop. Quand elle sera grande, il lui pèsera. Et moi, je serai là, mariée à lui, parce que je n'oserai pas le quitter quand il sera devenu gâteux.

Pour le moment, je me consume. Avec Quick, je me consumais fort, mais à la manière d'un volcan. Je ne restais pas plate à côté de sa montagne. Il me haussait.

En fait, tu es comme une plaine, dis-je à Claude, me retenant de balancer qu'à dire vrai il est plus fossé. Il tord le nez quand il comprend que la plaine n'est pas un compliment.

Je dois dire un mot à Esther pour montrer que je me préoccupe d'elle. C'est compliqué de fendre le silence quand il est installé. Si je ne dis rien, elle rapportera à son père que je ne lui ai rien raconté. Elle se plaindra de mon manque d'amour, réclamant davantage du sien, en compensation. Esther peut faire des blancs d'une heure, il y a déjà eu des trajets sans un seul mot prononcé. Claude dit qu'elle n'aime pas me déranger en bavardant. Elle a compris que mon silence est comme une pièce où je me retire. Claude m'héberge à titre gracieux et même cette pièce-là, je la lui dois. Je lui parle de notre mariage, du dessert, des chaussures que j'aimerais beaucoup lui acheter, elle me répond Oui Tarama.

À l'arrivée à la maison, elle me remercie comme un taxi, saute de voiture, ouvre ses bras vers son papa.

Quick faisait pareil avec moi. C'est tellement grand qu'on entre à deux mais qui est l'autre si ce n'est pas moi ? Esther caresse la joue de Claude, l'appelle doucement mon petit papa, elle lui conseille de vite rentrer avant de prendre froid. Il vérifie que je pense à porter sa valise. Ils avancent devant moi, enlacés par la taille. Ils entrent dans la maison. Je cherche Quick dans la rue mais je ne le vois pas. S'il arrivait maintenant, je partirais avec lui.

3

En tout cas, ton tatouage de pieuvre est chouette, dis-je, à table, marchant sur le silence. Aussitôt, Esther s'envenime, elle se défend contre une attaque, et moi je m'excuse, y a pas d'attaque. Esther ne m'écoute pas, elle touche son bras : c'est une décalcomanie, Tarama, pourquoi tu le regardes comme ça ?

Cette pieuvre est très mignonne, dit Claude en mastiquant. Je garde les violences qui me viennent, parce que si je parle mal à Claude, avec contenu vulgaire ou intention déplacée, je vais entendre une morale, devant Esther, et avoir envie de partir, et ne pas pouvoir, et ignorer pourquoi je ne peux pas. Alors que dans ma tête c'est clair. Je me lève, je sors, je vais directement chez Quick et personne d'autre que lui ne m'ouvre la porte. Aucune fille de passage comme la greluche de l'autre fois, à qui j'ai fait remarquer lorsqu'elle m'a ouvert qu'elle n'aurait pas dû retirer la malle du palier, cette malle contenant mes affaires que j'avais souhaité laisser là, et elle m'a demandé Quelle malle ? Non, personne d'autre que Quick ne m'ouvre la porte. Juste lui, son souffle, sa pieuvre étonnée.

Le problème n'est pas que l'animal soit mignon, dis-je à Claude qui me tance d'arrêter avant même que j'aie commencé. Non, le problème est le tatouage, dis-je en continuant de parler. J'ai peur mais je me ferai pas museler. Qui est-ce qui t'a donné l'idée de te tatouer, Esther ? lui dis-je. Et je vois Claude qui s'hermétise. Fous-lui la paix avec cette décalcomanie, coupe-t-il. Je l'ai trouvé dans mon chewing-gum, susurre Esther en petit bébé. Et son père lui caresse le bras, la félicite sans me regarder. J'ai pas mon mot à dire sur elle. Je l'ai embêtée pour son vernis, mais est-ce qu'on se peint les ongles en gris, elle a treize ans, dix ? Ah ?

Seulement ?

Ça passe pas vite.

Elle continue avec sa pieuvre qui symbolise ceci cela. La pieuvre est gentille, elle s'appelle Perle, d'ailleurs si j'ai une fille un jour, je l'appellerai Perle, déclare Esther, et vous ? Si vous aviez un bébé – et d'ailleurs est-ce que vous aurez un bébé ? –, appellerez-vous le bébé Perle ?

Claude hésite à parler prénoms, il se demande si je suis d'accord. Je fuis son regard, s'il fait ça, je pars. Il dit à Esther qu'on ne sait pas. On sait mais on ne souhaite pas te le dire ! Je veux d'abord parler tatouage, c'est passionnant et c'est le moment. Elle vient de passer, ma liberté, elle vient dans des moments comme ça, et je me l'attrape comme une bonne viande, j'ai l'impression de manger du lion. J'explique chaque stade du tatouage où Quick a jonglé sans crier, et Claude sait très bien que je parle de lui. Les larmes coulent même les dents serrées, des semaines ça a pris pour les ombres, et je parle pas des tentacules, Quick est tatoué comme un vrai dur, il a souffert, c'était pas chouette.

Claude veut que je cesse avec Quick. Il guette son tour, il veut sa part. J'ai pensé à un condor pour décorer mon biceps, il y a des années, sur le navire… déclare-t-il. Et Esther souffle, Oh oui, le navire ! Raconte-moi le navire papa ! Claude va se lancer, il est à bout. Mais moi, je suis à l'autre bout. Quand il raconte le navire, il se met du mystère dans le sourcil. Claude était médecin militaire, franchement, si c'est ça faire la guerre. J'y vais : Oh oui, raconte-nous le navire ! Et Esther ouvre de grands yeux. T'as pas de mystère, t'as pas de mystère, n'essaye pas de t'en inventer un ! Mais ça encore, je ne le dis pas. Je répète seulement : Décorer ton biceps ? Wahou.

Claude m'envoie son regard, je continue. Je dois te dire quelque chose, Esther. Se tatouer le bras, c'est vraiment de la blague. Tous les cons qui rentrent de vacances avec des dessins sur les chevilles ou des rigolades sur les bras, ça vaut pas, c'est pas de la souffrance. Il n'y a pas de nerfs sur ces membres. En gros, ça vaut autant que du Bic. Les cuisses, en revanche, on a le droit. Un tatouage est fait pour souffrir. Il ne faut pas simuler un genre. On n'est pas là pour s'illustrer. Le tatouage est une religion. Pour les ombres, on repasse plusieurs fois dans la plaie. Aïe ! crie Esther. Stop, dit son père.

Comment tu sais tout ça ? demande-t-elle. Je réplique J'ai un ami qui. Moi aussi, me répond-elle. Enfin plutôt ma maman a.

Elle regarde vers Claude. Ah bon ? Un copain ? plaisante-t-il. Bien lui montrer qu'il est heureux que sa mère aime à nouveau. Lui confirmer ce qu'elle sait déjà : sa mère est libre d'aimer quelqu'un. D'ailleurs, aimer, c'est très très bien. On va l'appeler le Copain alors. Est-ce que tu nous en dirais plus ? Le Copain est-il très gentil ?

Esther s'assoit sur les genoux de Claude. Elle entoure son cou de ses bras et il la berce doucement. Je ne veux pas qu'on creuse dans mon dos, gémit-elle. Claude ne peut plus me regarder, et moi je murmure : Un condor donc, et en combien de mots tu l'écris ?

Après, j'ai peur d'aller me coucher et je traîne contre Esther qui adore ça. J'ai fait la maligne une soirée, Claude va ressasser en dormant. Le lion que j'ai mangé est reparti. Je ne suis pas épaisse pour rejoindre Claude au lit, dans ma chemise de nuit transparente, comme il exige, à cause du code. Dans son code de séduction, on se contente pas d'être à côté, on doit créer le mystère, le désir, on dirait une petite cuiller, Claude qui fait parler l'érotisme. Quick parlait de se déloquer, il parlait pas, il faisait bien. Je me transformais en rivière.

4

J'ai passé promesse. Je suis mariée. Et j'aurais pu parier qu'en choisissant un déjeuner de mariage, les invités resteraient pour dîner, réclamant les restes et la musique et tout ce que l'on avait prévu de ne pas faire, comme danser, parce que danser en blanc avec mon mari, je savais que ça ferait chialer Esther, et qu'il cesserait de danser pour la consoler. Même le jour de mon mariage je serais seule, et je guetterais Quick. J'ai toujours, au fond de mon sac, passeport, groupe sanguin, clef de ma malle. Ma malle, sur son palier, qui m'attendait là normalement. Jusqu'à ce que je constate que ma malle avait disparu du palier. Et là, je sonne et la greluche m'ouvre. Elle avait pris une douche. Quick n'était pas là. Il avait dû prêter son appart et voilà. Un de ces jours, il va m'expliquer. C'est sûrement rien. Je dois pas me biler. J'attends Quick, prête à partir, mais ça se complique. Mon mariage pèse un peu lourd. Qu'importe. S'il me veut vraiment, il me prendra, il m'enlèvera. Et il me serrera dans ses bras.

J'ai des lapins qui montent. Quick ne pouvait pas rester fâché. Mais quand j'ai voulu l'énerver avec les amants éternels, le coup de la fille volage, sans lien, et qu'il est parti pour de bon, j'ai cru qu'il allait reculer, serrer dans ses bras mes mensonges, comme je serrais les petits Garenne avec Marie, à la campagne, surtout le dernier, le plus timide, toujours en retrait des quatre autres. On les protégeait des renards en les gardant dans la maison.

Il n'y a pas d'enfance qui s'éloigne et quand je demande autour de moi, jamais personne ne perd la sienne. Sauf que moi, je la garde trop récente, avec la sensation incluse. C'est pas un souvenir, les lapins, ils sont encore là dans mon cou, avec l'odeur de la peau chaude quand le chat les a tués d'un coup. Marie prenait son bain, je devais veiller sur nos lapins dès que j'aurais fini les glaçons grenadine et coca-citron. Je les avais placés en sûreté, dans leur cage, le temps de cuisiner, mais la porte qui les contenait mal refermée sur mes câlins a laissé un accès au chat. Quand je suis arrivée pour les prendre, leur donner le lait chaud du soir, le chat attaquait le cinquième, il avait aligné quatre corps, juste à côté de nos chaussettes. Nous les avions déposées là en quittant nos bottes humides. C'est le timide, réfugié dans ma bottine, que le chat a mordu sous mes yeux. J'ai vu que ma botte ne bougeait plus. J'ai couru dans la salle de bains avec la terreur à mes trousses. Le chat reniflait comme un chien. La tête sous l'eau, Marie comptait. Elle s'entraînait à devenir meilleure en piscine. Quand elle a vu mes larmes, elle a cru que sa mère m'avait grondée. J'ai juste dit Les lapins, et elle est sortie du bain. Elle est descendue, toute nue sur le carrelage, et sa mère occupée lui a dit de s'habiller. On a pris nos cadavres, quatre pour elle, un pour moi, plus une botte, et on les a montés. On ne voulait pas que sa mère nous les enterre tout de suite. Ils étaient déjà durs. À travers le caoutchouc, je sentais le petit corps. Quand sa mère nous a vues, elle a battu la chatte. Elle répétait Sale chatte au père de Marie qui téléphonait, et je peux pas m'empêcher de penser qu'elle le faisait bander. Quand j'ai remis mes bottes, j'ai eu deux engelures. Elles reviennent, depuis, me creuser chaque hiver.

Lorsque j'ai cessé de danser, tandis que mon mariage continuait, j'ai regardé vers la porte si Quick me rejoignait. Marie m'a dit qu'elle l'avait vu passer au loin, sur le chemin. J'ai voulu des détails, mais Esther avait fini de pleurer et nous collait. Elle voulait être l'enfant le plus proche de la mariée. J'étais censée à un moment être une fée pétalière, une princesse des nuées, une cotonnade délicate, elle attendait que je me révèle comme la belle-mère qu'elle espérait. C'est qui Quick ? m'a-t-elle harcelée. Le prénom du futur bébé ? Parce que ma maman aussi a. Enfin disons qu'elle connaît un.

Marie m'a dit l'avoir croisé quelques jours plus tôt, dans son quartier. À force de ne pas lui demander comment j'allais ni ce que je devenais, Quick a eu l'air suspect et elle le lui a fait remarquer. Le temps pressant, le mariage approchant, elle lui a conseillé de se grouiller mais il a dit que je ne l'aimais plus. Il a vu ton collier en vente, m'a-t-elle murmuré. Claude se vexait chaque fois que je le portais, il m'avait menacée de le jeter, mais Quick a dit que c'était la preuve, la preuve que tout était fini. C'était pas ça ! C'était l'inverse ! ai-je hurlé bien trop fort pour moi. Ma voix a fait comme un sifflet. Je me suis écroulée au sol, Claude a cru que c'était la mort et nous a rejointes en courant. Esther, amère, dégoûtée, a détourné ses yeux de son père pour ne pas voir l'amour se partager.

5

Quick sait que je suis là. Il va venir. Au tout début, quand j'étais fière, même déchiquetée par son départ, j'ai tenu bon dans ma nouvelle vie. Quick me cherchait dans les salons. Il se pointait comme un tonnerre. Il a mis les sirènes en route sur le stand des utilitaires du Salon de l'auto. Les hôtesses ont paniqué. Il se fichait vraiment que les gens le critiquent, les mains sur les oreilles. Marie a dit qu'ils étaient proches, qu'elle allait savoir lui parler. Perché sur une ambulance, il lui a demandé où j'étais, avec qui, depuis quand, davantage, Marie lui a tout balancé, le médecin-ponte, chirurgien de surcroît, professeur en parallèle, très bon skieur et pilote d'hélicoptère, mais ça, j'ai dit que c'était faux et Marie m'a dit que c'était bien, tous les types rêvent de savoir voler, donc elle a raconté beaucoup, et un peu plus que j'en demandais, pour énerver Quick, le punir, décrivant Claude comme un saint, Dieu !, sa vigilance à mes côtés, son appartement accueillant, avec cabinet attenant. Et ses cadeaux, je ne te raconte pas. Une étole, pas plus tard qu'hier, et des pains aux raisins ce matin. Et Quick a demandé si je l'aimais. Marie s'est mélangé les pinceaux, elle a dit oui, pensant à lui, mais lui parlait de Claude, forcément. Il est reparti en courant. Elle n'a pas su le rattraper.

Souvent, elle l'attend avec moi. Elle passe me voir et on s'assoit devant le cabinet en espérant. On parle doucement, Claude croit qu'on évoque notre jeunesse. Si elle croise Quick, Marie va lui dire qu'il suffit d'un seul battement de cils. Je lui conseille, comme c'est un grand muet, de lui suggérer des astuces s'il n'avait pas envie de parler. Qu'il me prenne le poignet, qu'il le torde même si je me débats, et ne le lâche qu'une fois loin d'ici.

D'ici là, je bois ma tristesse, mon petit litron quotidien, comme Lise, depuis que son mari fuit la maison, malgré la robe blanche-couturière et peut-être à cause du relâchement, mais je dis rien, ça me regarde pas. On sait quand on va s'unir que le relâchement opérera, et seul un amoureux comme Quick peut voir là-dedans

une beauté, et sûrement pas une fin en soi. Et seul
un amoureux comme Quick peut trouver les débuts
moins bien. Il disait tout le temps que je le gavais à
ressasser nos premières heures, celles que je chérissais
entre toutes, tandis que lui me rappelait combien il
avait souffert au début, de la peur de mal faire, de me
déplaire, et les maux de ventre, à cause du poisson
cuisiné pour lui qui ne mangeait que des légumes. Je
pense aux plats que je lui préparais, ils me font monter
les larmes aux yeux.

Claude aime me demander pourquoi, à mon avis,
un homme s'en va. Guy est parti. Lise ne comprend
pas. Selon elle, Guy est un dalmatien. Il finira tacheté.
Elle le croyait différent, elle l'avait pris gentil, constant,
vieillissant. Mais le dalmatien est fugueur. Il garde en
lui viscéralement enraciné l'atavisme de ses ancêtres qui
suivaient et précédaient les voitures des chics aristocrates
en goguette ou bien, pire encore, il prend un malin
plaisir à s'encanailler et à trahir la mémoire de ses aïeux,
racés eux, en vivant la vie d'un chien libre et divaguant
comme tous ces chiens éboueurs des pays pauvres et

miséreux de la planète. Il court éperdument la gueuse. Lise a tellement de colère dans sa peine qu'elle cache les choses sans faire exprès. Hier, son manteau dans le frigo, ses chaussures dans la poubelle, elle perd la tête, voilà. Claude ne peut pas lui expliquer le départ de Guy puisque lui-même est dépassé. Comment ose-t-on quitter sa sœur ? se demande-t-il, atterré. On passe des heures à y penser afin de ne plus parler d'Esther, ni de notre bébé qui viendra bien un jour, et que Lise gardera, ça tombe bien, n'est-ce pas ?

Je regarde Lise inerter chez nous. Et Claude me rappelle combien ça m'a aidée, à une époque, d'être entourée. Alors il me confie sa sœur. Elle ne peut pas rester seule. C'est à mon tour de faire le bien. Grâce à elle, Claude et moi nous sommes rencontrés, aimés. J'endosse le rôle de confidente. Elle me livre les clefs de sa vie. Elle a pensé à tout pour plaire à Guy, même à l'hystérie, mais ça n'a pas suffi. Les hommes aiment les femmes paisibles mais une petite crise qu'on plaque au mur, ça requinque, ça valorise. De temps à autre, je me laissais aller à une panique que Guy pouvait qualifier de féminine au moins dans sa tête, se réjouissant ensuite d'avoir su la régler. Je lui offrais un délire, sanglote-t-elle. La nuit, quand il dormait, je me demandais à quoi il rêvait, je posais la tête sur son torse. S'il poussait une plainte, s'il bougeait un pied, je veillais. Il se calmait. Là seulement je m'endormais, sereine, bercée par son souffle qui poussait notre embarcation sur un étang sans vagues. Je reconnaissais, sur l'autre rive, la maison qu'il voulait pour nous, mais quand je le lui disais et qu'il murmurait On serait bien, là-bas, je me réveillais, j'avais peur, et toujours je lui demandais si on n'était pas mieux ici, maintenant.

Quelquefois, la détresse de Lise me procure des minutes de bien-être, si j'ai préparé le dîner, par exemple, qu'Esther n'est pas là et que la cuisine sent bon. Alors Claude arrive, m'embrasse dans le cou, montre à sa sœur que l'amour est fort, s'assoit à table et nous amuse, l'œil qui frise déjà devant la nuit qui suit, et là, je pense que j'ai trouvé ma place, Claude a réussi à me tenir. Je n'ai plus la bride lâchée qui me fouette. Je suis envahie de stabilité. Mais juste après, je m'emmerde encore. Il n'y a pas de rapport entre moi et cet endroit. J'ai l'impression d'être un cheval planté au milieu du salon, qui broute le tapis, regarde le feu, ressent les fourmis du galop mais se tient là, comme une photo. J'ai déjà eu cette impression, quand je faisais le Salon de l'armement, vêtue de kaki, portant un casque, quand je faisais le Salon du mariage, décorée de tulle et de rubans, quand je faisais le Salon du Bourget, debout, près d'un avion, au pied d'une passerelle que j'indiquais de ma main gantée, des fois que les gens ne la voient pas, montent dans autre chose, par un autre biais. Au ciel, par une corde de pluie.

Je ne sais plus comment est la vie à l'intérieur. Claude rentre pour déjeuner, une petite pause qu'il s'offre pour vérifier le déroulé de nos journées. Terrible, Lise, lui dis-je. Je n'en peux plus qu'elle passe de son coq à son âne parce que c'est du bruit et que j'ai besoin de silence. On n'a jamais été proches quand on était hôtesses ensemble. C'est pas d'être belles-sœurs qui nous change. Et ce besoin qu'elle a de parler de son Guy fugueur, tout le temps, Guy et sa fugue, parce qu'elle n'a pas compris qu'au bout d'un moment, on ne parle plus de fugue. Et Claude me demande d'être complice de la fugue, l'acceptation de la vérité va venir d'elle et je dois éviter de prononcer le mot rupture. Et Lise parle des races d'hommes, Guy toujours comme un dalmatien fugueur, indépendant, taché de bleu, le bleu de mon cœur, glapit-elle, contente de sa trouvaille, me l'offrant. Porte ma douleur, Tamara, moi je n'ai pas le courage, souffle-t-elle en s'affalant.

Le rouge de son vin, dis-je à Claude. Il me demande de vérifier qu'elle ne dépasse pas son litron, et d'arrêter de dire litron parce qu'il y a du mépris dans le tron. Lui donnant raison, je précise qu'une bouteille de pinard contient 75 cl, et pas un litre, et Claude me reprend sur pinard, puis me fait promettre de garder secrète la détresse de sa sœur. Si je croisais mes amies commères. Si j'étais tentée de bavasser. Quand elle retournera travailler, elle sera plus à l'aise si son image n'a pas été écornée. Il compte sur moi. En échange, il me suggère des secrets à trahir. Il a déjà été médecin légiste sur des affaires criminelles. Il se fout de ma gueule. Je lui réponds que Lise deviendra peut-être vétérinaire avant de retourner hôtesse. Il m'embrasse. Il tente le regard de braise, la main aux fesses, des mimiques avec la langue, c'est pas jojo, il joue le sexuel multifaces. Personne n'est dupe à mon avis. On voit bien qu'il est monocouche.

Une carapace doit me pousser sur le dos. Marie dit que c'est ce qui arrive aux gens qui ont reçu trop de flèches. À un moment, naturellement, une carapace les protège. Après, les douleurs rebondissent. Pour le moment, je l'imagine, épaisse comme l'ongle malade d'un orteil, doublant ma nuque d'une corne couleur blanc jaunâtre.

6

Quand mes parents se roulaient trop fort, je me disais qu'un jour, je partirais. Ils se roulaient l'un contre l'autre, ils ne pouvaient pas s'en empêcher. Je connaissais tout de leur vie à deux, je savais qu'on vivait ensemble, eux surtout, et moi en surplus. Je restais à ma place, de l'autre côté de mes murs. Je pouvais les rejoindre à certaines heures et pas à d'autres. Parfois ils me toléraient près, comme un reflet d'eux, un constat. Sinon, ma chambre devait rester mon pré carré. Ils gardaient du temps rien que pour moi, comme un sas où on sort le chien, et ils se pointaient dans ma chambre, malgré leur pas-besoin de moi lié à leur attirance totale, elle vers lui, lui vers elle, leurs petits rituels à eux. C'étaient des parents amoureux.

Quand ils décidaient de m'aimer, c'était d'un coup, et c'était trop, c'était comme entrer dans mes pores. Je n'étais plus prête à les recevoir. Allez, on veut t'aimer

maintenant, tu existes, tu es là, oui, on te voit. Il y
avait toujours ce moment entièrement consacré à moi,
ils se le fixaient comme un devoir, telle heure, après
on fait autre chose, on l'aime un temps, bien bien à
fond, puis on dispose de notre journée, pour nous,
tous les deux, comme avant, homme et femme, amants
éternels, comme quand elle n'était pas née, comme
après, quand elle sera partie dans un studio, ailleurs, on
va louer ou acheter, mettons de l'argent de côté pour
notre liberté, elle se mariera tôt, qui sait. Et si elle aime
un vieux, tant mieux, il saura la loger. Je sais ce que
mes parents pensaient.

Ils entraient dans ma chambre pile au moment qu'ils
choisissaient, puis me lâchaient quand je m'habituais,
quand je me rappelais moins que j'étais de trop, quand
je commençais à être à fond dans le jeu qu'ils voulaient
partager. Je les asseyais, je me mettais entre, quelquefois
leurs mains se frôlaient derrière ma tête, je leur souriais,
je brodais des mots, je trouvais des feintes pour les garder, mais malgré mes efforts, assez vite, ils repartaient.
Ils avaient le sens de l'heure même quand je subtilisais

leurs montres. Je prétextais un tour de magie, je leur retirais leur chronomètre, mais la trotteuse était en eux. J'avais des parents impatients. Au bout de moins d'une heure, ils remuaient. Les dix dernières minutes avec moi, on aurait dit qu'ils suffoquaient. Voilà, on s'est occupés de toi, maintenant tu vas te débrouiller. Ils me dressaient leur portrait comme si c'était un lourd secret. J'écoutais, espérant la chute, qui venait et toujours décevait : on est de grands indépendants, Tam-Tam, tu sais ?

Il n'y avait pas moyen de les retenir, sauf à supporter leur sale mine. Ma mère, traître dans ces cas-là, nerveuse et quasiment fâchée, me faisait la morale : On avait dit un jeu, et on en a fait deux, maintenant basta, Tam-Tam.

J'avais la plus belle chambre du monde dans laquelle j'étais invitée à passer le clair de mes journées. Quant au sombre qui me tourmentait, mes parents le rayaient d'un trait, dînant finement au salon et me criant si je les rappelais, essayant l'humour à distance, les pleurs bas ou les petites prières : Dodo Tam-Tam ! Tu as promis.

Ils appelaient ça la liberté. Moi, je prenais des boîtes à gâteaux et je fabriquais des maisons, avec ascenseur, escalier, jardinet, bonheur à la clef. Et je guettais l'amour toute seule. Alors j'imaginais la fuite, dix-huit ans, le départ, le manque un jour. Je leur manquerais, je me le promettais. Ils se rouleraient et tout à coup, plus de frustration, pas même le ronron amusant de mes occupations multiples. Ma présence offrait l'empê-chement nécessaire à leur amour fou. Je lisais leurs regards par en dessous, dans une heure on se retrouve ensemble, on aura été bons parents, on la laissera dans sa petite chambre, elle nous dessinera des fleurs. Et les compliments qui fusaient, dès que de l'artistique sortait de moi : On voudrait un autre dessin ! Un collage ! Une statue de papier ! On voudrait un autre roman, tiens, tu t'es mise à la cuisine, une batterie avec des casseroles, c'est marrant mais pas trop non plus. Papa et maman vont dormir, ils sont fatigués, ils ont froid, ils vont se rouler dans leurs bras. Ne fais pas trop de bruit, Tam-Tam.

7

Claude est satisfait. J'accueille, je reçois. Ses amis se resservent un verre. J'ai mis la nappe à trous, exprès. Claude va pouvoir dire la bonne franquette, entre nous, sans prétention, et les amis répondre Oh oui oh non, merci bravo. L'appel du large est plus fort que moi. Je les salue du bout des lèvres, mesurant l'angle du bout afin d'assurer mes arrières, que Claude ne puisse pas me reprocher de les avoir mis dehors à ma manière. Tu as bâillé sans la main, il va me dire. Ou bâillé avec bruit. Ou bâillé tout court. Et même entrebâillé. Sans affronter son œil, soudain lourd de reproches et de patience mêlés, comme s'il ne pouvait s'empêcher de me montrer qu'il reste bon malgré ce que je lui inflige, je pars me coucher.

Tu imagines qu'il n'est pas simple pour eux d'entrer ici, avec ce qu'ils savent de toi, Tamara, m'a expliqué Claude avant que les amis arrivent. Ils sont classiques. C'est une qualité. Hôtesse, on ne sait jamais si c'est très net comme profession. Hôtesse de l'air, d'accord, à la limite, mais hôtesse augure le pire, tu te doutes bien.

En plus d'avoir un prénom de pute, tu impressionnes, tu fous les jetons, détaille Claude, j'ai même un ami qui m'a demandé si tu avais un troisième œil. Ça vient sûrement de ton regard fuyant. Regarde les gens en face, on dirait une bête parfois. Qu'est-ce que c'est que cette robe léopard ? Le chic de l'hôtesserie ? Je te rappelle que désormais tu es ma femme. Les amis ne sont pas des ennemis. La preuve, l'un d'eux s'enquiert de mon bien-être :

– Vous avez sommeil, Terra ?

Je fais l'effort de ne pas le reprendre sur le surnom, même si je reçois sa question comme une main au cul. Personne ne m'a jamais appelée Terra à part Quick. Lui seul a trouvé ce nom de vair. Il disait que j'étais vaste et libre. Claude, lui, a déjà soigné des gens vastes. Il observe que ce sont des artistes qui se dévorent généralement eux-mêmes, trous dans la langue, sinus entamés, oreilles purulentes. Il a approché une chanteuse lyrique, une prof de danse, et aussi une intermittente du spectacle, un peu bourré, un soir sans lendemain. Eh bien, elles étaient toutes sans exception pourries de l'intérieur. Moi, j'ai les travers mentaux des artistes sans en être une. C'est comme ça qu'il parle de moi quand nous partons marcher de bon matin. Puis Esther se réveille, et elle le ramène à elle avec un SMS. À la seconde, il fait demi-tour. Il déclare qu'on en a plein les pattes, ou bien qu'il est l'heure de rentrer. Elle le télécommande. Elle nous attend derrière la porte en pleurant. Elle saute dans ses bras, il la porte. Ses longues jambes touchent presque le sol.

Terra ? s'amuse Claude. C'est impossible. On en a déjà une ici, complète-t-il en montrant la place vide qu'Esther occupait un peu plus tôt. Terra, c'est Esther. Il faut trouver à Tamara un autre surnom. Taram ? Taratata ? Tara ?

Je dois filer. Je me glisse jusqu'à ma chambre sous le regard étonné de Lise qui ne décolle plus de la maison. Elle ignore que quelquefois la femme peut décider de fuir au lieu de se ridiculiser. Elle a tenu à tout raconter.

La fugue de Guy. Sa fugueuse sûrement plus jeune que lui. Un âge indigne certainement. Elle a précisé que pourtant Guy la complimentait souvent en lui disant Tu sais ce que j'aime, ce que tu fais bien ? Toi, et exactement le contraire. Tu peux être là, ici, maintenant, et tout là-bas, pile en même temps. Les gens se resservaient à manger. À un moment, elle a dit Mon mariage aurait dû me servir de manteau, de pelage. Et tout le monde a éclaté de rire. Lise a hésité à trouver ça gentil. Quand elle a vu que Claude riait, elle a été rassurée, mais elle m'a regardée l'air en biais, fâchée que moi je ne rie pas. Esther a passé la soirée en boule sur le canapé, roulant à un mètre de moi à mesure que je bougeais, dans la cuisine, à table, près de son père. Elle a attaché ses cheveux chaque fois que je relevais les miens et les a détachés chaque fois que je lâchais les miens. Elle a préféré croupir d'ennui avec nous plutôt que nous laisser ensemble. Quand, passé minuit, Claude l'a envoyée au lit, elle s'est cachée dans notre chambre.

Elle dessine. Elle veut savoir ce que je range sur mon bureau, regarder jusque dans ma trousse d'écolière, une trousse « clic-clac », n'est-ce pas, Tarama ? me demande-t-elle, avant d'ajouter : Ma maman a elle aussi une trousse clic-clac, et un vase en forme de poisson que lui a offert le Copain. Elle me décrit le poisson : Est-ce que tu as déjà plongé avec les dauphins, toi ? Inès, oui. Chaque été, elle fait des choses exquises. L'été prochain, ses parents l'emmènent à Istanbul. Flûte, dis-je à Esther, nous ne pourrons encore pas prendre Inès en vacances avec nous.

Esther veut savoir ce que je fais, où, avec qui, à quelle heure. Elle me demande si j'écris quelque chose dans mon journal intime, si je suis encore sur les prostates, comme elle a lu, sur mon bureau, sans faire exprès. Les prostates sont-elles comme des elfes ? Des chapardeurs ? Elle enquête, prête à s'arrêter entre deux syllabes si mon regard noircit. Esther fouille, Esther écoute aux portes, elle sait ce que je lui cache derrière mes sourires, et Claude la protège de mes cachettes quand elle se plaint en pleurnichant d'absence d'amour. Il l'appelle sa petite fille, et elle insiste, sa *toute petite*, afin qu'il la trouve encore plus adorable.

Esther me regarde avec un œil apaisé et l'autre en demande. Je m'insinue entre les deux, sur son nez, je la laisse là, bigleuse. L'autre jour, mon téléphone a sonné et elle m'a demandé qui était ce numéro masqué qui m'appelait. Je n'ai pas décroché. Je voulais me garder le rêve que ce soit Quick. Il tarde à passer le premier coup de fil, mais quand il l'aura fait, il ne pourra plus s'arrêter.

Je n'ose pas dégager brutalement Esther de la chambre. Je lui explique que je dois travailler. Mais tu n'es pas une femme entretenue par mon papa ? insiste-t-elle. Je l'envoie au lit, je la convaincs, je ferai de même très bientôt avec ton papa, lui dis-je doucement, nous irons nous coucher. Je me retiens de préciser que nous nous coucherons dès qu'elle dormira. Si je lui fourre l'image sous les yeux, elle ne dormira pas. Dès que les amis auront compris qu'il faut qu'ils se cassent, dès que ton père pensera à relever les yeux de son cercle d'amis essentiel à une vie réussie, et à voir que tu es là, dans ma chambre, mon endroit, et que tu viens de dessiner sur mon cahier. Dès que la nuit tombera vraiment, parce que tu fermeras la porte de ta chambre et que tu dormiras sous ta couette. Je ne veux pas voir un de tes cheveux dépasser. Coupe-les. Ne sens rien.

– Tu as du scotch, Tarama ? me demande-t-elle.

Elle sort avec mon rouleau neuf, et je referme la porte derrière elle. Puis je passe devant sa chambre grande ouverte, lumière allumée. Esther s'est couchée, elle me regarde. Elle m'entend dans les toilettes, ferme les yeux quand j'en ressors. Puis elle les rouvre d'un seul coup :

– Je crois que mes petits boutons sont revenus, Tarama.

8

J'ai tellement de tristesse avec Claude. Hier encore, je passe au cabinet attenant, à l'improviste, c'est le genre de méthode qui peut tout à fait intégrer le code de séduction, mais Claude me refuse, il me parle du travail, du franchement est-ce que j'ai le temps. Et je repars, avec une volonté de départ, mais un refus massif d'hôtesserie. Je ne peux pas retourner là-bas, auprès des filles, avouer que le chirurgien n'est pas prince mais tyran, qu'il m'aime moins que sa nouvelle poubelle : elle s'ouvre quand on passe la main devant. Et si je parle d'une poubelle de ce type à mes collègues, elles trouveront que j'ai de la chance, elles n'entendront pas le cri poussé. Et Lise risque de m'enfoncer. Elle me laissera pas dire du mal de son frère. Elle a le droit de cracher sur Guy mais Claude est son trésor intime, son adorable frère gentil.

Je suis soumise à la maisonnée. Je m'occupe de la fille de Claude. Je cherche une crème miraculeuse dans la salle de bains. Pour ses petits boutons rémanents, n'importe quel tube fait l'affaire. Esther aime que je lui caresse les genoux. Chaque geste qu'elle exige, chaque attention qu'elle me demande est l'assurance, à ce moment-là, que je ne sois pas avec Claude. Elle retire ses lunettes pour dormir. Ses yeux roulent comme deux billes aux quatre coins d'elle-même. Elle trouve que j'ai de la chance d'avoir les ongles vernis. Elle veut savoir si *Sephora* existera encore quand elle aura la permission d'en porter sur les pieds. Sa mère a dit treize ans, son père préférerait dix-huit. Je la laisse avec sa question, son envie, ses yeux qui dansent sur ce qu'elle sait de moi.

Je tente d'éteindre sa lampe en quittant sa chambre. Je voudrais qu'il fasse nuit dans la maison pendant que je dors. Je n'aime pas cette veille permanente, je ne supporte plus la surveillance. Claude dit de peser mes mots, de ne voir ni manipulation ni perversion chez son enfant sage. Mais quand je me défends d'avoir prononcé ces mots-là, il se mure. Esther me demande de rallumer, de laisser sa porte bien ouverte. Je la tire au maximum, je m'éloigne, et Esther la rouvre un peu plus grand. Sa porte grince sur trois notes, ma colonne vertébrale se tord. Quand elle est couchée, elle ne se relève plus seule. Même pour aller aux toilettes, elle appelle son père. En général, j'y vais à sa place. Claude laisse faire, parce qu'il croit très fort à la famille recomposée et c'est en forgeant qu'on devient forgeron. De loin, il vérifie que je ne dis pas de bêtises. Si j'ai le ton dur, il me conseille d'apprendre à recevoir le pipi d'Esther comme une offrande. Pour un enfant, c'est important. Et je serai mère un jour, il me le rappelle. J'arrive donc. Esther est déçue, mais elle me fait la fête. Je n'entends jamais rien couler dans les toilettes. Elle en ressort pourtant soulagée. L'un de ses yeux cherche Claude vers le fond du couloir. L'autre vérifie que je porte la culotte que je portais plus tôt sous ma chemise de nuit. Il recompte les boutons ouverts, les plis sur le tissu froissé.

J'aime jouer à la mère de famille quand Claude m'attend au retour, debout dans la chambre, et qu'il pose la main sur ma bouche. Je pense à mes collègues. Juste après, je le trouve piteux, avec le climat qu'il dépose. Je veux revoir Quick. Il me portait pour que les herbes sauvages ne dévorent pas mes mollets.

Le couloir m'oppresse. L'eau monte. Parfois, j'ai l'impression de pouvoir circuler à la brasse entre les pièces. Puis l'eau redescend. Mais je sens qu'à tout moment la marée peut rester haute. Comme une offrande.

Aujourd'hui, je parle si peu qu'il m'arrive de dire des choses à n'importe qui. Même au boulanger, un matin, j'ai expliqué la règle du sel et de la levure qui ne doivent jamais se toucher pour que la pâte monte. Je l'ai raconté à Claude. Il a eu l'air content d'être avec moi. J'ai senti que ça le changeait des conversations normales avec les femmes et avec les boulangers. Il a répété mon anecdote à plein de monde.

Dès qu'il parle de moi au cabinet attenant, il dit que je change son quotidien en poésie et lui, en retour, me protège de mon extrême sensibilité. Sans le penser, il en tire de la fierté. Pour me faire bien voir, je lui raconte que je viens de lancer des réflexions en pagaille au boucher, à propos d'une tête de veau, que je ne comptais acheter ni maintenant ni plus tard, et surtout une rafale de questions sur le persil dans le nez du veau, et là, Claude a peur pour lui, et il défend le boucher, me faisant remarquer que celui-ci travaille depuis quatre heures du matin, et que je ne dois pas m'amuser de son métier, pas plus ingrat qu'un autre. Après, Claude affirme que j'aime rabaisser les gens. Quand je me défends de chercher simplement une conversation, une récréation, il se radoucit en partant au cabinet et en me rappelant combien ma liberté est une chance dont je n'ai pas à me plaindre. Je ne peux jamais me fier à lui, il est trop variant.

Demain, Claude, le menton légèrement rentré, l'œil rond, en bon mari, père responsable, conducteur de vie, demandera à Esther de m'aider, elle me collera davantage. Il pliera le linge trop tôt, le rangera dans les tiroirs, et j'attendrai qu'il s'en détourne pour tout ressortir avant que ça moisisse. Il plaisantera avec un voisin sur le démarreur de sa voiture. Il fera tout ce qui nous faisait rigoler, avec Quick, quand on regardait les gens autour de nous. Un homme et sa nouvelle mallette, une femme et sa nouvelle coiffure. On riait souvent mais on n'était pas très méchants. C'est juste qu'on se trouvait étrangers au monde, et on s'y fixait comme on pouvait, avec les moyens des porcs comme il disait, lui insoumis, et moi soumise.

Peut-être que demain je pourrai voir Marie et parler de Quick. Faire le plan. Claude n'osera rien me dire. Claude n'osera pas remarquer que j'ai tendance à m'éclipser lorsque sa fille est là. Il y a une zone de moi qu'il n'atteint pas encore, ou plutôt pas tout le temps. Il croit qu'il me supervise. En vrai, je l'engloutis. Je dois le penser, m'a expliqué Marie. Si je le pense assez, ça va arriver. Sinon, je lui raconterai que Marie m'emmène à la piscine. Pour une fille qui ne supporte pas l'odeur d'humidité sur le linge, tu aimes drôlement l'eau, me dira-t-il. Je penserai qu'il est toujours à deux doigts d'avoir de l'esprit.

Souvent, je fais des rêves torves, vert foncé, où je tangue. Avec Claude, il m'arrive des maux incroyables. J'ai envie qu'il les soigne, mais il ne les prend plus au sérieux. La lampe d'Esther fend la maison de son épée laser. La nuit, tout bas, alors que Claude croit discuter avec ses dents, il me réveille pour me pomper. On dirait qu'il veut quelque chose en moi comme des plaquettes, de la lymphe, un avoir profond que je ne peux pas donner, alors il me presse.

9

Deux, dont une déjà branlante, a précisé Claude, à propos des chaises qu'Esther a cassées, ce n'est pas la fin du monde, c'est un concours de circonstances. Je voudrais voir sa participation si c'était moi qui organisais le concours. Un jour où j'ai rayé la poêle, il s'est retenu de crier parce qu'il a le demi-sens du ridicule mais il m'a fait remarquer que la poêle était une Cristel, la Rolls des poêles, et moi, dès qu'on me parle de poils, je file chez Quick, la moquette jusqu'au caleçon, l'eldorado poilu, et Claude, ma petite cuiller, qui m'a demandé un jour si ses poils dans le dos me gênaient, le pauvre, et j'ai rigolé, et lui aussi. J'ai fait comme si Christel était un de ses grands amours branlants et perdus, et Claude a été flatté que je lui rebatte les oreilles avec Cristel, il a pu quitter la maison pour le cabinet attenant, mécontent mais heureux que je me préoccupe un peu.

Après, un jour où je couvais mon journal, furieuse qu'Esther ait écrit dedans, il a lâché quelque chose sur le matérialisme, que c'était fou d'être à ce point accrochée aux merdouilles et d'être en même temps capable d'anéantir quelqu'un comme Lise. Pourquoi lui as-tu parlé de rupture, je t'avais demandé de ne pas le faire ! J'ai répondu que Lise n'était pas une toute petite chose et qu'elle n'avait pas à évoquer ses organes, ni même ceux de Guy, et que je la trouvais bizarre de me confier, dans mon salon, enfin je n'ai pas dit *mon* car je sais qu'on est chez lui, qu'elle et son mari n'avaient pas envie de faire l'amour en même temps, l'un le matin, l'autre le soir, et pourquoi tu me le répètes ! a coupé Claude.

Et elle ? j'ai crié en me levant. Pourquoi elle me dit qu'elle est la pierre précieuse coincée au fond de la grotte dans laquelle Guy s'est perdu ? Gelée contre la paroi rêche, elle brille en lui parlant d'amour ! Il lui faudrait une muselière !

Eh bien c'est beau ! vocifère Claude.

Quand on se dispute, Claude sort son tambour pour ne plus m'entendre. Il se plaint que, même muette, je

m'exprime. Même les yeux fermés, je vois. C'est insup-
portable, cette veille permanente. Fais comme si j'étais
ton patron ! hurle-t-il. Puisque je refuse de suivre une
formation professionnelle – alors que je lui ai si bien
coupé les cheveux, pas plus tard que l'autre jour, mais
coiffeuse n'est pas envisageable à cause des amis –, je
dois m'engager à travailler d'arrache-pied afin de changer ma nature, devenir positive, légère, pourquoi pas
amusante, sans tourner tout au vinaigre, me dit Claude,
les gens ont envie de rire, de se divertir après le travail,
moi le premier.

J'arrive encore à jouer l'épouse éprise qui s'intéresse
à l'avis du mari mais le tambour, franchement, si on
l'ajoute aux chansons que Claude connaît sur le bout
du pouce dont il garde parfois l'ongle long en prévision
d'un bœuf-guitare, c'est trop. Moi, j'adore les chansons, bien sûr, mais vous les mettez dans la bouche de
votre mari et aussitôt c'est curé et compagnie avec la
voix de chat mouillé et puis les dentales qui claquent
davantage si c'est possible, si c'est humain, il est fou
de chanter dans les aigus, quand je suis là, à côté, avec
Quick dans les yeux.

Claude cesse de jouer. Il s'est défoulé, il revient à lui. Il cherche quelque chose dans un tiroir, peut-être une surprise, une étole ou un pain aux raisins. Mais il en sort des rollers. Il a envie de s'y remettre, il adorait ça avant. Dès qu'on me dit avant, ça me triture. Même Quick avait le réflexe de l'avant. Il me parlait de la montagne du passé où il allait grimper, et moi je lui disais d'y retourner, mais c'était lui qui n'y allait pas, et moi qui jouais le rôle de l'après empêchant, l'après différent, l'après si loin de l'avant. Il aimait pas ma façon de l'y envoyer, il pensait qu'elle cachait autre chose, comme l'envie qu'il reste. Pourtant non. J'aimais bien quand il s'en allait, il restait toujours aussi près. Mais il n'arrivait pas à voir que sa montagne était devenue nous. Il n'avait plus besoin de fuir. La raison, c'est qu'il était bien.

Lise est venue passer la journée avec moi. Elle a bien aimé dîner là, j'ai de la chance d'être avec son frère. Est-ce que je m'en rends compte au moins. Elle insiste, le message est lourd. Claude reçoit, lui. Guy est sauvage. Elle n'a jamais le droit d'inviter. Il soupire quand la date approche, alors elle a capitulé. Elle accepte d'aller chez les gens mais au dernier moment, idem. Guy prétexte n'importe quoi, s'assoit au fond du canapé, regarde le ciel. Elle comprend, sort, le laisse en paix. Et puis elle revient juste après. Elle aussi annule les amis, elle préfère rester avec lui. Pourtant, elle aimerait mettre des robes. De toute façon, il ne la voit plus, alors les robes. Il est parti.

10

Claude me questionne en bon français inversé, ce qui est mauvais signe, enfin signe, chez lui, de la colère durable : Qu'en sais-tu ?

Et il le répète, les yeux fous, alors que je lui assure qu'Esther n'a pas mal. Le bon sens voudrait que je lui pose une question sur le cancer des glandes salivaires ou sur le traitement de la surdité, afin de lui montrer qu'il y a pire que la chute d'une porte, mais je l'ai rarement vu les yeux fous.

Ses lunettes cassées sont spectaculaires, ainsi que son petit corps apeuré, mais Esther pourrait en rire. Je sais que si Claude ne me criait pas dessus, elle rirait. Ne supportant plus le râle de sa porte de chambre à l'ouverture ni la tension que celui-ci engendre systématiquement sur ma colonne vertébrale, j'ai profité de l'absence d'Esther pour analyser le problème de plus près. Le bois de sa porte avait joué, les gonds n'étaient plus assez droits, j'ai bricolé une solution. Quand Esther, après avoir

fermé sa porte pour nous faire croire à notre liberté, l'a
rouverte afin de vérifier que Claude n'était pas en train
de me prostater dans l'oreille, elle l'a prise sur la figure.

Claude dégage la porte, les yeux toujours fixés sur
sa fille, et moi, je constate qu'Esther a de très grands
pieds. Elle a pris au moins six tailles depuis que je la
connais. Son gros orteil a une forme de haricot blanc,
mais je ne sais pas à qui le dire. Je le garde pour moi.
Je le raconterai à Marie quand elle viendra.

Je murmure qu'en tout cas, menuisier ne sera pas la
bonne reconversion pour ma vie professionnelle. Marie
m'a dit de glisser sur les choses. J'applique.

Claude prend sa fille par la main, puis dans ses bras.
Je marche derrière eux. Je suis fatiguée, ça manque
d'air. J'ai envie de rigoler, je me retiens, je sens la
lumière au bout du couloir, c'est l'appel de la liberté,
la porte qui s'ouvre sur un vent froid. Quick se pen-
chait aux balcons, bras levés, prêt à plonger. Il disait
que la libération quand on étouffe pour de bon, c'est
comme une aurore boréale.

Je passe devant le cabinet attenant. Le ciel est vert, fendu d'orange, de rose, de bleu. Je nous cherche dans la salle d'attente, Quick et moi. Mais on n'y est pas. On est plutôt dans le jardin, au fond, à l'écart de la lumière, du spectacle de la rue. Quick joue avec mon collier, il le trouve bien plus beau que celui qu'il m'avait offert, maintenant qu'il sait que je l'ai choisi pour que Claude me laisse le porter autour du cou, subterfuge de petite fille, de diable, comme la personnalité de Quick sur les cartes du Tarot. Quick m'avait surprise, un soir, consultant un jeu de tarot, il avait ri mais je l'avais senti inquiet, Tu ne crois pas à ces bêtises au moins ? On aurait dit qu'il avait peur, qu'une fille lui avait déjà dit que sa nature était dans le Diable, et pas tellement dans la Justice, mais sans doute avait-elle reconnu comme moi que parfois il valait mieux avoir affaire au renard plutôt qu'à son chat.

11

Je pars. J'ai pas de limite de vitesse quand je m'enfuis de là où j'ai pris racine. Je me shoote au départ inconstant. Si je me souviens bien, je suis le genre speed. Je m'enferme pour pouvoir m'évader. C'est Marie qui me l'a fait remarquer, mais j'aime pas trop quand elle m'observe. Je préfère qu'elle me tienne compagnie. L'amitié, c'est comme l'amour, un peu compliqué par endroits. Je sais pas d'où vient le paradoxe mais dès qu'on me parle je veux qu'on se taise et dès qu'on se tait, je voudrais qu'on me parle. Dès qu'on m'attrape, je veux qu'on me lâche mais quand on me lâche, je me sens perdue. Faut que j'appelle Marie pour lui dire que je me suis enfuie, mais si je l'appelle trop vite, c'est nul. J'ai envie d'être seule un moment. Sinon je vais pas sentir la fugue.

Il va falloir rendre sa voiture à Claude, me dis-je, poussant le pied au plancher. Mais d'abord, je vais me véhiculer. J'aime bien me transporter, je ris toute

seule. Et quelque chose m'attire là-bas, dans ma vie
d'avant les hôtesses et peut-être même d'avant la vie.
Je ressens quelque chose dans mon vide, c'est béant,
un peu douloureux, mais j'aurais besoin d'une certi-
tude. Une sorte de sbire, à côté de moi, une maman
ou peut-être un papa.

Je me souviens d'un soir bizarre. Mes parents s'em-
brassaient à fond pour fêter leur enfant génial car je
venais d'avoir mon bac. J'ai précisé Mention passable,
dans l'intention de les décevoir, ils ont exulté davantage, une mention, tu te rends compte ou pas ? On a
fini au restaurant, ils ont trinqué, yeux dans les yeux,
à la santé de leur bachelière. Puis ils m'ont trouvé
un studio. Ils ont senti que je n'aurais pas le ressort
adapté pour les fuir. Ils ont cherché un lieu sans le
dire, et m'ont réservé la surprise. Un soir, je rêvassais
dans ma chambre tandis qu'ils dînaient tous les deux.
D'une oreille distraite, je continuais de percer leur
mystère et l'amour. Ils parlaient de machine à laver,
ils avaient l'air tellement joyeux. Ils sont arrivés dans
ma chambre, comme à l'époque où ils venaient jouer,

leur chronomètre bien remonté, ils se sont assis sur le tapis et m'ont annoncé la nouvelle :

— Tu vas partir vivre loin d'ici. Nous t'avons trouvé un endroit.

Sur le moment, j'ai hésité. Longtemps j'avais craint la pension qui revenait comme une menace quand je passais trop de temps dans leurs pattes. Mais je venais d'avoir mon bac alors ils m'enfermeraient pas. Ma mère a lâché le mot studio et j'ai eu les deux à la fois, le petit pincement et la joie. Je sais pas faire les choses en grand. Quitter leur appartement sans avoir su gagner ma place, c'était pas une victoire terrible. On me mettait sur le côté sans que ce soit moi qui décide. Aussitôt, les portes ont battu, tout s'est ouvert, je me suis servie. Ma mère m'a offert de la vaisselle, des meubles, et tout ce qu'il me fallait. Le lendemain, c'était plié, la voiture chargée à ras bord, mon père au volant, et ma mère qui agitait la main parfaitement. Elle avait répété le mouvement, c'était pas possible de savoir à ce point imprimer l'image du départ. J'avais gagné l'indépendance, nous allions vivre séparément, notre linge serait lavé à part, mais nous nous reverrions parfois, quand je le voudrais évidemment. J'avais les serrures, la pilule, le socle d'une vie protégée, j'avais plus qu'à trouver l'homme qui m'éviterait de m'épuiser.

Mon père a accroché des cadres. Et puis il a regardé sa montre. Au chronomètre, il était temps. J'ai eu peur quand la porte s'est refermée sur lui. Je l'ai rouverte pour crier merci. Ma mère nous avait rejoints mais n'était pas montée pour ne pas déranger. Me voyant à la fenêtre, elle a battu de la main, on aurait dit une aile, à cause des belles manches de son manteau du soir. J'ai rangé mes cartons, ils ont dîné dehors. J'ai pensé qu'ils avaient le sentiment de la tâche accomplie. J'étais élevée maintenant. En m'installant hors de leur portée, mes parents ne pouvaient pas se douter que j'aurais peur de m'envoler, et du défilé que ça allait entraîner.

J'ai fait l'inverse du pacte proposé. On t'installe dans l'indépendance, tu te comportes en responsable. Tu fais des études, tu voyages, et tu donnes des nouvelles à Pâques. Moi, je me suis sentie responsable du grand danger que j'encourais et j'ai préféré le provoquer. Le danger n'a jamais frappé chez moi à l'improviste. Je l'ai invité, je lui ai ouvert, je lui ai préparé à dîner, je lui ai montré ma culotte, je lui ai proposé de prendre un bain, une douche, un petit déjeuner. Je me suis confondue avec le tapis quand le danger voulait du sauvage, confondue avec le mur quand le danger avait de bons muscles et confondue avec les draps quand le danger avait sommeil. Je me suis confondue avec le danger jusqu'à ne plus le reconnaître. J'ai pas su maîtriser mon sens. J'étais sûre, au bout de ma quête, de tomber sur une mêlée céleste. Heureusement, il y avait Marie, qui me rattrapait par le collier. C'est du cul que tu cherches ? demandait-elle. Je me défendais de cette chose-là, je répondais que je cherchais des courroies, parce que je me sentais flottante.

Quand le danger est invité, une fois qu'il est bien installé, c'est pas très facile d'en finir. Je suis partie de chez moi plusieurs fois pour fuir les garçons installés, avant d'observer que, peut-être, c'était aux dangers de s'en aller. Mais c'était toujours effrayant de dire aux fiévreux que je les aimais pas. Entre deux bonshommes dégagés, je me promettais de ne pas recommencer, de rester seule au studio, sans ouvrir ma porte à personne, mais je ne pouvais pas m'empêcher de ramener des gars qui me terrifiaient. Plus c'était pire, plus je les voulais.

L'un d'entre eux entrait sous ma douche. Je lui marmonnais qu'il était fou, qu'on devait rester dans sa pièce, chacun chez soi, et puis voilà. Dès le premier jour, il s'est posté sur le tapis de bain. Ses pieds quasi contre les miens, il s'est regardé dans le même miroir. J'ai dit La Glu, tu peux sortir ? C'est personnel la petite toilette. Et il est retourné dans l'autre pièce, mais ses yeux furetaient par la porte comme s'il avalait mon endroit. Je sentais qu'il me dévalisait. Il riait chaque fois que je l'ouvrais, et je la lui fermais rapidement, arrête, je lui disais d'arrêter, mais il continuait en riant. Quand j'ai fini par lui avouer que tout était trop bruyant pour ressentir un sentiment, il m'a dit Flûte, moi je t'aimais bien. Il est parti sans s'énerver et j'étais tellement étonnée que j'ai appelé Marie, victorieuse. Mais pendant qu'on se congratulait d'être des indépendantes nocives, il est revenu sur ses pas, la belle colère en bandoulière, et il a exigé des comptes. Il tambourinait à la porte. J'ai tout récité en violence. Il a dit que j'étais un monstre. Il se fichait vraiment de ma peur. Moi, je le regardais par le judas, et je l'entendais par la serrure.

Je recevais des mots sous la porte, je les attrapais du bout de l'ongle de peur que le papier-poison ne me dévore tout l'intérieur. Ma mère m'avait mise en garde contre les prospectus pollués. Certains pouvaient ronger mes mains. J'attendais que le danger se lasse et quand enfin il se détournait et que ma peur retombait, elle me manquait. J'appuyais sur le bouton Urgences, juste pour demander des nouvelles. Mes parents allaient très très bien.

Je ne veux pas retourner chez Claude. Marie me dirait que je suis mariée, et que j'ai tendance à l'oublier. Je dois revenir au temps d'avant. J'aime bien vérifier mes souvenirs. Je voudrais retourner dans chaque maison où j'ai vécu même une seule nuit et la quitter encore une fois, en étant tellement sûre de moi. Puis je voudrais sonner chez Quick, qu'il m'ouvre, me couche,

s'allonge tout près, qu'il me raconte le premier train qui
l'a emmené jusqu'à moi, la musique qu'il a apportée, le
sprint sur le quai pour me voir, qu'on n'ait plus rien de
compliqué. Mais il y a cette fille chez lui, et où est-il,
s'il n'est plus là-bas ?

Je presse le bouton de l'Interphone. Ma mère
répond, la voix basse. Je conclus que mes parents sont
déjà couchés. Elle répète, le ton brouillé, Qui est là
enfin, répondez ?
J'aime bien incarner le danger.

– Je crois que mes petits boutons sont revenus,
Tarama.

J'ouvre les yeux. Esther est penchée au-dessus de
moi, elle avance son genou vers mon nez.
– Je te présente Inès, me dit Esther. Elle a déjà nagé
avec des dauphins. Elle a tant de chance !
Inès se détourne, elle prend Esther par la main.
Claude se tient debout, derrière les deux filles.
– Tu te sens mieux ? me demande-t-il.

Je suis restée chez Claude. Je n'ai pas fugué. J'ai encore le vent dans les cheveux, l'extase de ma fuite en voiture, la tête pleine de mon rire sauvage, celles de mes parents dans la nuit, mais je suis là, dans mon lit, habillée. Claude a jeté sur moi un plaid. Celui qui cache son canapé ou bien qui le protège des taches.

Je regarde le réveil, il est tôt. Le dîner n'est pas encore prêt. Il va falloir mettre la table, préparer quelque chose peut-être. À la fenêtre, il fait gris. Je sens mes cheveux raccourcir. Claude me donne le frisson. Il allume la lumière. Il trébuche contre un pied de chaise, peste parce qu'elle n'a pas à se trouver là, même si c'est lui qui l'y a mise. Mes parents sont morts ensemble il y a dix ans, ils ont choisi le même moment.

12

Inès porte le parfum de sa mère, qui sent trop bon, précise Esther. Les deux petites dînent à table avec nous. Elles rient sans cesse. Esther fait des messes basses, Inès lui répond par des signes. Elles arborent le même tee-shirt *Dingue de tennis* et rient de ce qu'elles ont dans leur assiette. J'ai pourtant préparé quelque chose de facile.

— C'était obligé, le Coca ? me demande Claude.

J'aurais préféré faire des pâtes au beurre mais j'ai fourni un effort d'originalité, on reçoit. Après, quand tout le monde se divertira, je décollerai le caramel des plaques. Ils ont déjà oublié mon évanouissement dans l'entrée.

— Tu es tendue, a commenté Claude.

— Il faut que tu te détendes, a précisé Esther.

Les filles chipotent. Claude ne mange pas. Dans les grands restaurants, on mélange bien les huîtres et le foie gras, les poires et le raifort. J'insiste sur la délicatesse du caramélisé. Esther et Inès pouffent. Vous voulez du riz ? propose Claude. Les filles acceptent. Elles ont le droit de quitter la table en attendant que le riz cuise. Claude cherche dans le frigo. Pourquoi il n'y a plus de beurre ? me demande-t-il.

— Il faudrait toujours penser à.

Dans la chambre d'Esther, les filles déménagent le lit afin de se rapprocher l'une de l'autre. Elles bougent le bureau, tirent les rideaux. On repasse à table. La poêle de pâtes est restée là, et le fou rire des filles reprend. Claude mange, impassible. Quand il se rend compte qu'il est muet, il questionne Inès. Elle lui répond entre deux fous rires. J'ai envie de leur faire un masque de riz. Plonger leurs visages dans le saladier, les recouvrir de blanc pur, épais, laisser coller, laisser prendre, ne plus voir leur sourire, bloquer leur son. Je regarde Claude qui regarde ma main. Les filles rient parce que j'attrape mon riz avec la branche de mes lunettes.

— En Orient, on le mange bien avec des baguettes ! dis-je.

Vous ne m'aurez pas.

Claude propose de regarder un film de Charlot. Les filles refusent. Elles ont envie de jouer ensemble dans la chambre d'Esther. Nous nous retrouvons seuls, Claude et moi. La présence d'Inès me soulage. Je demande à Claude pourquoi il n'a pas fait deux enfants d'un coup. Pourquoi Esther n'a pas de sœur de son âge pour jouer, tu as vu comme tout est simple dès qu'elles sont deux ?

— Pourquoi il n'y a ni glace ni yaourt ni fruits ? me répond-il. Quand on reçoit des enfants, il faut toujours prévoir de. Et puis il n'y a plus de café.

La nuit, Quick transporte des seaux d'eau. Il arrose les palmiers de sa maison du Sud, voilà où il m'attend, il taille les pêchers, il cueille des choux. Il arrange le jardin et surveille le potager. Si la moindre bestiole s'en approche, il lui tend des pièges car il prépare mon retour. Il ne se presse pas, il sait que le ciel fait les choses, il espère que la vie me rend docile. Sur les choses de l'amour, il est rusé comme un renard.

On dit bien « rusé comme un canard », n'est-ce pas ? dis-je auprès de Claude alors que j'aide les filles à faire leurs devoirs. Il m'adresse un regard mauvais tandis que, sagement, les deux petites dessinent leur réponse. Le canard d'Esther est très beau, il a des plumes multicolores, et celui d'Inès est nul, il ressemble à une cloche. Quand son père explique qu'il va plutôt falloir dessiner un renard, Esther fond en larmes. Son canard était beau, elle l'aimait. Son père la serre dans ses bras et Inès me regarde, interloquée.

– Toi, c'est pas grave, tu as fait une cloche, lui dis-je. Je vais t'aider à dessiner à la place un beau renard. Va chercher au salon le livre des *Trois Petits Cochons*.

Elle revient avec. Esther, entre-temps, a séché ses larmes. Son père lui rappelle les caractéristiques majeures du renard, afin qu'elle les dessine ensuite à sa manière, suivant son style.

Fais-lui un bec pointu, dis-je à Inès, le plus pointu possible. Je compte lui faire gagner le concours. Je lui ouvre le livre à la page où on le voit le mieux, quand il souffle sur la maison de paille du premier des trois petits cochons.

— C'est un loup, dit Esther. Hein papa ? C'est un loup qui souffle sur la maison du cochon et pas un renard, n'est-ce pas ?

Je n'aime pas quand Esther se met contre moi.

— Oui, c'est un loup Terra, répond Claude, proposant à Inès de copier sur eux.

Il ne prend même plus la peine de l'appeler autrement. Elle me vole mon surnom et il ne fait rien. Je pars au salon. Je m'assois sur le canapé et j'allume la télé. Des équipes de nageurs font un relais. Ils nagent tous avec une seule idée en tête, arriver les premiers. Ils sont comme Esther, ils voient leurs pères au bout de la ligne, ils tendent les bras, mais leurs pères sont des leurres, des mirages, des plongeoirs.

Les filles me rejoignent. Je sors me cacher dans l'auto, je voudrais mettre des rideaux, habiter un peu là, à l'abri de mon odeur, dans l'habitacle clos, mon petit garde-manger dans la boîte à gants, une couverture roulée sur la planchette arrière. Je suis dans le combi dont j'ai toujours rêvé, même si ce n'est pas le modèle avec lit double et douche. Je n'ai pas besoin de me retourner, personne n'est dans mon dos à lire entre mes côtes.

— Elle est là ! hurle Esther en tapant sur la vitre.

Claude accourt. La porte de la maison claque sur Inès qui court plus doucement. Je mets en route les essuie-glaces, mais rien ne les efface. Claude est bien en face de moi, la main sur l'épaule de sa fille. Il l'oblige à reculer. Je balance du produit vitre, j'envoie les essuie-glaces, mais l'image reste. Eux deux enlacés sous ma pluie.

13

Claude leur a promis une sortie au jardin. Esther me demande si elles ont encore l'âge de faire du toboggan. Je lui réponds non. J'ajoute qu'elle a aussi l'âge de fermer sa porte pour dormir. Ses yeux explosent, alors je rattrape le coup.

— Vous avez envie de faire du toboggan ? Vous faites du toboggan. Même si trois boutonneux vous observent. De toute façon, on va rentrer dans dix minutes et vous ne les reverrez jamais.

Libres et légères, les petites courent vers le toboggan. L'une après l'autre, elles atterrissent aux pieds des garçons dédaigneux.

— Mais on ne les reverra vraiment jamais ? vient me demander Esther en courant.

— Jamais.

— Même si on revient au jardin ?

— On ne reviendra jamais.

Esther apporte la nouvelle à Inès, puis elle revient

trouver son père, cette fois. Elle lui demande s'il est vrai que nous ne reviendrons plus jamais au parc.

— Qui t'a mis cette idée en tête, Terra ? lui demande-t-il.

— Elle, répond Esther en me montrant du doigt.

Il doit lui répondre que j'ai un prénom. Je cherche sur mes épaules le manteau lourd, le poids possible, la carapace tant attendue. Je ne la sens pas. Claude ne reprend pas Esther. Il lui explique que nous reviendrons, si elle aime le parc, soit seuls avec elle, et pourquoi pas un ballon ou des patins, soit avec Inès, si elle revient passer le week-end chez nous, et elle reviendra forcément, parce que nous la réinviterons.

Je veux partir marcher sans le dire. Mais je n'ose pas. Je retourne vers Claude.

— Je vais me promener.

— Parfait, me répond-il. On t'attend là.

— Je marcherai au moins quatre ou cinq heures.

— Bonne route alors.

Je pousse la grille du parc, je sens un vent de liberté, mais une main agrippe mon pull.

— Tu reviens avant qu'on parte ? me demande Esther.

Claude s'approche, j'ai si peur qu'il me rattrape que je décampe. Je fonce. Toujours en marche rapide, je traverse le boulevard. Mon téléphone sonne. Claude est dans mon dos. Une pieuvre. Je ne réponds pas. Je peux très bien raconter que mon téléphone n'a pas sonné. Mais le téléphone insiste. Je le sors de ma poche.

— Tu es où ? me demande-t-il. On va marcher tous ensemble.

Je me retourne. Ils courent tous les trois vers moi. Esther arrive la première et s'accroche à ma manche.

Nous marchons comme des escargots, lents, lourds, muets, Claude et moi séparés par les deux filles. Je n'ai pas le courage de contourner les filles et de me placer à côté de lui pour discuter. J'aimerais pourtant revenir sur cette affaire.

— Quand tu dis elle, Esther, en parlant de moi, non seulement ce n'est pas gentil, mais en plus ce n'est pas poli, dis-je.

Elle lève un œil vers moi, l'autre vers son père qui répond à sa place.

— Esther est très polie. Il arrive dans la vie qu'on emploie un mot pour un autre.

— Je ne suis pas un mot.

Je me décale d'un mètre de la grappe.

— On voit ça tout à l'heure ? lance Claude.

Je contourne la grappe pour me coller à lui. J'attrape sa main. Aussitôt, Esther change de place et saisit son autre main. Nous occupons toute la largeur du trottoir et évoluons en carré autour de la maison. Ma nuque se glace comme si l'on y pointait un fusil.

Quick marche devant nous, de dos, une femme à la main. Il regarde devant, elle regarde vers lui. Il se tient droit, et elle cherche à poser la tête sur son épaule, mais il résiste. Avec moi, il marchait tout près. Il s'arrêtait pour m'embrasser. Elle, il la tient du bout des doigts, il la balade à la limite. Je compte jusqu'à trois, il ne l'embrasse pas. Il fait exprès, dans ma banlieue, il marche pour pouvoir me trouver. Il me nargue avec cette greluche, il n'est pas sérieux. S'il se retourne et s'il me fait signe, je sors de la grappe, j'y vais maintenant. Mais ils changent de rue. Claude me dit Ouh, ouh ! On se réveille !

Un plastron, une dossière, je sens pousser ma carapace. Elle me protège des prédateurs. Elle va maintenir ma chaleur. Je vais pouvoir me camoufler. Mon sang est froid désormais. Je me cache, c'est obligé, je serai reine quand j'apparaîtrai. Esther dit Ouh, ouh, Tarama ! Tu sais bien qu'on habite ici ! La grappe peine à franchir l'impasse. Il n'y a pas la largeur. Il faut en sacrifier un.

AIMÉE

1

Je souffre de pensées adjacentes et je ne dois pas les craindre. Elles sont pures, sans filtre. De temps à autre, mon système de nuances est affecté. En fait, je ne suis pas plus affectée que si je fumais une cigarette en dansant. Enfin je crois. C'est écrit par Esther dans son cahier de poésie, illustré par mon portrait, une tête triangulaire avec des cheveux jaunes plantés sur un crâne noir. Ma mère est bicolore, a-t-elle déclaré à son professeur de français qui lui a demandé si elle m'avait bien regardée. Es-tu sûre de ces deux teintes ? Le professeur me rapporte qu'Esther lui a répondu oui, parfaitement, ma mère est soleil et nuit.

Je ne me pâme pas, je reconnais qu'elle a parfois des fulgurances, mais il ne faut pas trop prêter attention à la délicatesse des enfants, elle passe.

J'ai des racines. Avec les bandages, on ne les voit pas. Je devrais davantage m'occuper de moi. J'écris ma résolution sur un papier, je le brûle, je jette les cendres dans mon vase en forme de poisson. C'est terrible de ne jamais recevoir de cadeaux convenables. Claude m'offrait des statuettes d'animaux. Je déteste les bibelots. Je ne veux pas qu'Esther pense à moi parce qu'elle héritera d'un crocodile en porcelaine ou d'une oie en bronze. Dans son futur, je préfère correspondre à une étoile ou un nuage. J'anticipe. Même quand je baise, je pense à après. Quand je suis tombée enceinte d'Esther, j'ai pensé à quoi bon, puisqu'à la fin je crève.

Personne ne m'offre ce que je veux. Je me fais défoncer le crâne et Lise m'apporte des Champs-Elysées. Pour la naissance d'Esther, j'ai eu des Pyrénéens. Quick ne me fera pas d'enfant, sinon j'aurais pu espérer un Kinder. Pour mes quarante ans, mes parents m'ont offert un wok. J'ai cherché le sens de leur présent, du mien, jusqu'à ce que je trouve une sorte de message, une façon de me dire *Walk !* Avance !

Je suis sûre que le Monsieur, lui, taperait dans le mille. Il m'offrirait des boucles d'oreilles, pas un jeu de fléchettes de voyage ou un ventilateur de poche. Le Monsieur me connaît sans m'avoir jamais parlé.

C'est ça, l'osmose. Tout le reste, après, est bien fade. Je ne sais pas pourquoi Claude continue de m'offrir des cadeaux. Je suis obligée de les accepter, puis de les garder. Esther veille. Si j'en camoufle un, elle me demande où je l'ai mis. Et quand je le ressors, elle me demande pourquoi, mais comme je lui ai demandé d'arrêter avec les pourquoi, elle me demande comment. Et je m'énerve parce qu'elle sait que sa question ne rime à rien mais elle ne peut s'empêcher de la poser quand même. Tant qu'elle en pose, je lui parle. Dès qu'elle arrête, je me tais. Mes silences sont douloureux pour un enfant. Je le savais avant de l'avoir, mais je pensais que les siens recouvriraient les miens et que la couche d'air entre nos deux épaisseurs nous tiendrait chaud.

Pour notre séparation, Claude m'a offert un scorpion en terre cuite. J'avais en horreur son intérêt pour l'astrologie. Dix ans plus tard, je tombe enfin sur un homme viril, qui ne me violente jamais en me demandant de me saper pour sortir, un homme qui ne m'exhibe pas devant les gens comme s'il revenait de la chasse, le contraire de Claude qui m'appelait durant ses congrès, exclusivement en présence de ses collègues, et riait fort pour leur montrer que j'étais marrante, solide, même si lui m'assurait l'inverse en privé – tu es molle et ébréchée –, et qu'est-ce qu'il m'offre, l'homme viril qui n'a pas besoin de me montrer, lui aussi, lui comme les autres ? Un vase en forme de poisson. Parce qu'il est Poissons ascendant Poissons. Et il ajoute que je peux mettre ce que je veux dedans. Au début, j'ai mis de l'eau, mais comme personne ne m'offre de fleurs, j'ai arrêté. Depuis que Quick garde les dents serrées sur la folle qui m'a défoncé le crâne, alors que je sais qu'il la connaît, j'ai décidé de carboniser l'intérieur de son poisson. J'étais chez lui. Je sortais du bain, j'attendais, je ne voulais pas faire le café de peur de toucher au placard et d'y découvrir quelques mets appartenant à d'autres filles. On a sonné, je me suis demandé s'il fallait ouvrir ou attendre. Ouvrir, c'était me montrer. Je n'ai pas su si j'avais le droit. Avec le Monsieur, je ne me demanderai pas des choses comme celles-là. Ce sera évident que j'existe. J'ai quand même ouvert, passé la tête. Une femme est entrée. Je l'avais déjà vue une fois. Elle m'avait posé des questions sur une malle. Elle s'est assise et je suis vite allée

m'habiller. Quand je suis revenue, la femme avait
ouvert la malle du salon, elle en avait sorti le contenu,
et elle était couchée dedans. J'ai senti que je n'aurais
pas dû la laisser entrer. C'est à moi, c'est ma malle !
a-t-elle crié quand je lui ai demandé d'en sortir, de partir. Je lui ai menti, je lui ai dit que Quick ne devait pas
rentrer avant plusieurs jours. Alors elle s'est levée, elle
m'a hurlé Qui tu es ? Je lui ai saisi le bras, avec pas mal
d'autorité. Elle a fait tomber une clef. Je l'ai ramassée
pour montrer que je mettais de la bonne volonté, mais
quand je me suis relevée, elle s'est emparée d'un vase en
forme de poisson. Elle me l'a explosé sur la tête. Je suis
tombée, le crâne contre l'angle de la table basse. J'ai
perdu connaissance. À mon réveil, Quick, penché sur
moi, appelait les pompiers, en me demandant d'arrêter
de saigner. Je l'ai empêché de s'affoler. J'ai voulu lui
prendre la main, mais il gardait le poing fermé. Quand
il a détendu ses doigts, j'ai senti qu'ils contenaient la
clef. Ensuite, on m'a emmenée.

Claude ramène Esther jusqu'à la maison, et m'offre
cette fois une poubelle automatique. Il a tenu à faire

lui-même le déplacement afin qu'Esther ne prenne pas le train de banlieue seule. Elle est trop secouée, ces derniers temps. Sa belle-mère déprime, son oncle fugue, et sa mère se fait défoncer le crâne. Je ne le lui ai pas raconté ainsi mais le résultat est le même. Ma tête a doublé de volume et je suis partiellement bleue. Claude dépose Esther et s'assoit au salon comme s'il vivait là. Il admire sa poubelle. Me remontent toutes les fois où, satisfait de côtoyer une femme médiocre, il m'enfonçait. Je ne savais pas couper les légumes, faire revenir les oignons, je n'avais pas la bonne astuce pour enfiler une housse sur une couette, je n'entendais pas les deuxièmes violons dans un concert, un jour j'ai confondu la flûte traversière et le hautbois, et chaque fois c'étaient des rires, avec du mépris puis la leçon. Au début, j'écrivais les mots qu'il avait contre moi pour me vider, puis j'ai arrêté parce qu'ils m'effaçaient et je ne voulais pas. Je m'en veux juste de ne pas avoir été capable de partir plus tôt. Je supporte qu'il reste pour le dîner. Je ne l'invite jamais. Quelquefois, il me demande de dormir là, une nuit avant un départ en vacances, quand ça l'arrange pour les horaires de train de ne pas repasser par chez lui. Son ton est faux. Il se met aux fourneaux, il y a quelque chose de minuscule dans ses gestes. Les autres croient que ça relève de la précision. Il poivre les assiettes d'un mouvement oblique, baissant la tête pour se mettre à hauteur de table. Et je ne comprends pas comment j'ai fini à ses ordres, avec une telle trouille de mal faire. En plus, il enfile mon tablier. Je m'en sers de torchon mais pas lui. Il dresse l'assiette, comme il dit, puis il demande à Esther de mettre le couvert, et elle s'exécute. Chez lui, elle me dit qu'il est différent. C'est Tamara qu'il met aux ordres. Esther l'aime autrement selon les endroits. Rien ne lui échappe. Elle est comme moi.

Claude examine mon pansement avant de passer à table et quand il me voit reculer, il me demande si je souffre. En fait, dès que je le vois, je pense au temps perdu. Je compte les petites humiliations du quotidien, parce que j'ai parlé devant le journal télé, parce que je n'ai pas su calmer Esther et que lui l'a promenée dans ses bras, parce que je mélange les animaux et qu'elle se trompe dans ses dessins, et lui, du ton professoral, dit Mais enfin, un bouquetin, ce n'est quand même pas très sorcier ! Tout à coup, je fais l'enfant, je crois que c'est dans le jeu, mais non. Il me recadre, Ne joue pas, arrête de minauder ! Un rejet au bout duquel il m'éclipse d'un seul coup, alors que c'était entendu qu'on faisait les idiots à ce moment-là, il était d'accord mais il me lâche. C'est plein de moments où il se débarrasse de moi. Je ne sais pas ce que j'aurais fait de ce temps à me sentir rabaissée, mais il y a dix ans, je croisais déjà le Monsieur dans mon quartier, l'homme de ma vie habitant là, à quelques mètres de chez moi. On se croise souvent mais on ne se dit rien. Même bonjour, on n'y arrive pas. On est deux inconnus. On aurait pu se saluer une fois, à une soirée chez des voisins, le prendre comme une coïncidence du destin de se retrouver là. Mais on est restés muets, transis. On s'est regardés, exactement comme dans la rue, totalement en accord sur le fait que notre compatibilité est totale, et bien au-delà, muette, sans doute de l'ordre de l'éternité.

2

Ce ne serait pas pire si j'essayais de me faire natu-
raliser. Je demande mon immatriculation au registre
du commerce, c'est-à-dire que je fais la demande d'un
numéro Siret mais on m'explique que je peux directement dire demande Siret. Je suis submergée de courrier
à ne surtout pas brûler dans mon vase en forme de
poisson, même sous le coup d'une colère. Je dois me
concentrer sur la paperasserie, le temps presse, m'affilier
à une caisse de retraite, et puis aussi à une caisse de pré-
voyance, pour quand j'aurai des salariés, et même si je
n'en ai jamais, je dois choisir tout de suite. Mais dès que
je pense, c'est un réflexe, Claude me lance des petites
réflexions : Chef d'entreprise, toi ? C'est une blague ?
Ensuite, il joue le paternel, le type ouvert. Après tout,
remarque, pourquoi pas. Je découvre que je ne suis plus
affiliée à la caisse de Sécurité sociale des employés, je
dépends du RSI, la caisse des entrepreneurs ou indépendants qui, encore plus en faillite, paye beaucoup plus

mal que l'autre. J'aurais dû me faire défoncer le crâne deux mois plus tôt. Je ne veux pas réclamer d'aide à Claude mais je suis dans le rouge. Je pourrais demander à Quick si sa folle a une assurance mais je n'ose pas.

Je dois aussi chercher des locaux, un incubateur, ou un espace de coworking, à moins que mon salon ne fasse l'affaire. Et là, tout le monde a un avis, à commencer par Lise qui trouve qu'on est quand même bien chez soi, surtout quand il nous prend l'envie de faire pipi. Claude répète *Coworking*, à cause de son anglais à tendance américaine qui m'a toujours mise mal à l'aise, comme quand il faisait ses créneaux avec le plat de la main sur le volant ou qu'il arrivait à une soirée dansante en battant le rythme sur sa cuisse. J'ai choisi un comptable pas très aimable et plutôt moche. Je le paye à faire des comptes alors que je n'ai pas encore encaissé un centime de chiffre d'affaires, chiffre d'affaires qui n'est pas gagné-gagné, commente Claude : le business du tapis de souris que je compte commercialiser a été beaucoup exploité.

Sauf que le mien est différent, amusant puisqu'en plus d'être personnalisé selon les commandes, mon tapis de souris a une vraie forme de souris. Rien que de m'entendre mettre de l'entrain pour évoquer mon projet, j'ai tellement honte que je préférerais redevenir vendeuse dans le luxe. Je ne sais pas si j'ai le droit, mais j'ai utilisé mon comptable pour faire mon BP en cherchant mon BM. On m'a recommandé de prendre un excellent avocat. J'ai accepté celui d'une connaissance de mon père et déjà déboursé un max pour qu'il me conseille sur la meilleure structure pour ma boîte et envoie un stagiaire au tribunal de commerce déposer le dossier de création de ma société. J'aurais pu le faire moi-même, mais la dame au téléphone m'a fait peur et je me suis sentie protégée en disant Mon conseil. Bientôt, je devrai lever des fonds. Mon affaire n'a pas démarré mais elle sera un succès, alors il faudra financer, chercher de l'argent auprès de business angels ou de venture capitalists. Je balance tous ces mots à Claude qui me regarde comme si je lui parlais d'un furoncle des narines : il plisse un œil et tourne le visage, œil plissé côté moi.

Je continue. Il se tait. Il y a autre chose que je ne supportais pas quand nous vivions ensemble, c'était qu'il rentre éreinté. Sauver des gens de la maladie aurait dû le dynamiser. Mais non, il ramenait sa loque, la contemplait et la plaignait. Pour le moment, lui dis-je, je démarre avec de la love money, c'est-à-dire l'argent que je n'ai pas et celui de ma famille que je vais perdre, parce que je n'arriverai jamais à la rembourser. Mais tout ça, c'est du financement et du capital, donc il faudrait que j'aie un avis extérieur tout de suite. Je perds mon temps à rencontrer des leveurs de fonds, principalement des amis de mon père à la retraite qui sont dans le milieu, enfin qui y étaient, avant. Et puis je viens de choisir mon banquier, de lui vendre ma sauce, avec ma tête bandée, afin d'ouvrir un compte et éventuellement d'emprunter un peu d'argent.

Le banquier adore mon idée, mais doit recevoir l'accord de sa direction. Dans trois semaines, il va me rappeler, désolé de m'annoncer que la direction ne donnera pas son accord pour le prêt, sauf si je peux mettre cent pour cent en garantie. En fait, la banque est prête à me prêter un euro contre un euro en garantie.

Et Claude s'offusque que je me sois présentée au banquier la tête bandée. Je lui réponds avec ses expressions à lui, la bonne franquette et sans façons. Je ne

lui soutirerai pas un radis, je ne veux rien lui devoir.
L'angoisse monte. Il va me résumer. Une petite
réflexion qui va remettre en question tout ce que je
suis. Et au fond, il m'envie, je le sais. Ma liberté, le fait
que j'épluche les oignons à la fourchette, ça le ramène
à sa minusserie. Je le laisse coucher Esther, je me
replonge dans mes dossiers. S'il me voit affairée, il va
peut-être penser à partir, à rentrer retrouver sa tordue
qui fait si peur à ma fille qu'elle dessine en ce moment
des bonshommes avec des dents à la place des cheveux.
De toute façon, Esther est beaucoup trop vieille pour
dessiner des bonshommes, pour qu'on la couche, trop
jeune pour voyager seule en train, rien ne va, je dois
reprendre les choses en main. Mais je dois d'abord
monter ma boîte, leur prouver à tous, à commencer par
moi, que j'ai l'étoffe d'une chef d'entreprise. J'ai envie
de nous offrir de belles vacances, à toutes les deux.
Je voudrais établir un langage, une zone immortelle,
avec elle, qu'elle nous enveloppe, nous exalte, qu'elle
fasse de nous deux une grammaire, une série de règles
incontournables qu'on finit par connaître par cœur et à
laquelle on se réfère, inconsciemment, perpétuellement.

Et puis je veux retrouver l'extase qu'elle m'inspirait à quelques jours, quand elle avait tant besoin de moi.

Demander de l'argent à mes parents est trop compliqué. J'avais un poste en or, vendeuse de luxe, au niveau où on ne dit plus vendeuse mais Je travaille chez. Et ma mère n'a pas compris que je bazarde une maison pareille, une telle renommée, un luxe rare. Je n'ai pas pu lui expliquer pourquoi. Elle aussi est vendeuse dans le luxe, et elle en est si fière que je n'ai pas voulu la peiner. Là où elle est depuis quarante-quatre ans, tout le monde l'appelle madame Madeleine. Elle a été formée par madame Colette, mais à l'époque on l'appelait juste Madeleine. Bon, les temps ont bien changé – tu vois ce que je veux dire –, dit ma mère, on s'adapte. Avant, elle habillait Lee Radziwill, la sœur de Jackie Kennedy, qu'elle n'a jamais habillée mais dont Lee Radziwill lui parlait alors c'est un peu pareil. Aujourd'hui, les clientes s'adressent à elle moins poliment. Elle se permet d'ailleurs de leur répondre. Vu son ancienneté et son rang, elle a le soutien de la direction et puis ces pimbêches nouveau riche n'ont aucun goût, elles veulent que ça brille, ne pensent qu'à faire de l'effet, mais c'est surtout avec leurs grosses fesses qu'elles en font. Alors oui, il reste quelques bonnes clientes, des Françaises qui continuent de venir, malgré leur budget moins important. Elles achètent en solde, mais on les sert quand même. En dépit du nouveau management à l'américaine, et des objectifs à tenir, ma mère se sent irremplaçable. Elle a la confiance de sa direction et puis jamais la jeune génération ne montrera le dévouement qu'elle porte à la grande maison qu'elle représente. Il faut le dire, elle est une vraie ambassadrice. Par exemple, *madame Beyoncé* exige ma mère pour lui marquer les ourlets de ses jupes. Ma mère est la seule qu'elle tolère à ses genoux lorsqu'elle privatise la boutique. Esther est fière de sa grand-mère, qui lui propose de venir la voir travailler, de la former même, mais Esther a d'autres ambitions. Elle est comme toi, note ma mère. Un peu trop tête en l'air pour réussir une carrière. D'ailleurs, fais attention quand tu marches dans la rue. Tu vois ce qui arrive à force de rêvasser.

Je lui ai raconté que j'avais reçu une barre d'écha-faudage sur la tête. Je ne me suis pas sentie d'avouer à mes parents que mon nouvel amant a laissé son ex-folle me défoncer la tête. Confier une nouvelle histoire est compliqué. Je leur parlerai du Monsieur parce que, quand ce sera lui, je saurai que c'est pour la vie. Avec de la chance, Esther sera moins papillonnante que toi avec son mari, poursuit ma mère. Parfois, ma mère me dit C'est bizarre la jupe que tu portes. À Esther, je ne dis jamais pendouiller en parlant des cheveux sur son nez. Je dis seulement Tu sais ce qui te va.

Je dois faire exploser le commerce du tapis de souris pour offrir à ma fille la liberté, la joie. Cutemouse ? Cutymouse ? Mouse for mouse ? Je cherche le nom de ma société. Qu'en penses-tu ? dis-je à Claude qui revient s'asseoir au salon sans la moindre ferme intention de rentrer chez lui. Tout, même lui confier mes projets, pour qu'il ne me parle pas du navire. Il a le souvenir flasque par endroits. Quand il part sur le navire et ses souvenirs de médecin militaire, c'est l'horreur adjacente, comme dirait Esther imitant sa belle-mère. Donc lui parler de n'importe quoi, Cut-Cut ? Cutmousecut ?

– C'est un appel au jeu ? ricane-t-il.

3

Ton père a peut-être plus de soixante-quinze ans mais il reste vert pour son âge. La preuve, il continue de jouer en Bourse et pourrait investir dans ta start-up, car il croit parfois en toi, me dit ma mère. Le reste de ma famille a trouvé que le tapis de souris n'était pas une bonne idée et que le patrimoine devait être investi de façon plus sécurisée. Et de grâce, m'a dit ma mère, sois mignonne de ne pas nous ridiculiser auprès de tout le monde, on ne t'a rien fait. Mon père a finalement choisi d'utiliser ses économies pour un voyage. Mais sur les conseils de ma mère qui lui dit Mêle-t'en un peu, je t'en prie, elle file au casse-pipe, il organise un déjeuner avec un gars qui s'y connaît et qui a eu, jadis, un bon poste dans une énorme entreprise. Je me retrouve dans un bistrot poussiéreux à l'écouter me parler gros sous, grande stratégie, et du temps où lui dirigeait plus de deux mille personnes. J'ai une question en tête : Rapport à ma levée de fonds, on fait comment ?

Mon petit, me dit-il au bout d'un moment, travaillez un peu vos chiffres et nous nous reverrons. Mon père a l'air content qu'on m'appelle mon petit. Pendant le reste du déjeuner, le type et mon père évoquent des souvenirs. Je souris poliment comme si on me les racontait pour la première fois. Un peu éméché à la sortie, mon père constate que ça s'est bien passé et moi je le remercie pour qu'il me croie.

Il me propose de me déposer chez moi, afin que je ne me promène pas la tête bandée. J'accepte mais il oublie sa proposition en route, et nos chemins se séparent. Je retrouve Quick à la maison, comme prévu. Il m'attend sur le palier alors que je lui ai donné la clef. Il ne veut pas l'utiliser, mais il ne veut pas non plus me dire qu'il est gêné de l'utiliser. Au fond, il n'est pas gêné, ma clef l'encombre, c'est tout. En l'acceptant, il n'a pas osé la refuser. Et moi je ne sais pas comment la lui retirer sans engendrer de conversation embarrassante pour lui, alors je la lui laisse, mais je ne peux pas m'empêcher de lui dire qu'il aurait dû rentrer et, en retour, il marmonne un ça va. Je sais pourtant que rien ne va. Dès qu'Esther rentre, il manque d'air. Il tourne comme un lion en cage. Il ne veut pas me montrer que les deux sont liés, pourtant je le sais. Dans l'ensemble, j'essaye de faire comme s'il n'était pas là. Sinon, son départ est toujours trop abrupt. Je préfère m'habituer à son absence en sa présence. Alors je ne donne rien. Je supporte mal les précipices. J'ai dit que c'était terminé, la peur qui souffle sur mon cou, une peur de mal faire, de me faire prendre.

Pourtant, je ne peux pas m'empêcher les violences. Parfois, j'entreprends des fugues minute, à cause de leur ressemblance avec une cocotte. Quand je me suis séparée de Claude, j'ai emmené Esther à la mer. Elle avait dix-huit mois. Je me suis sentie libérée de Claude mais ligotée par les horaires, par la difficulté à faire admettre à Esther qu'on allait dormir à l'hôtel, et pas dans la maison habituelle. Contrainte de me coucher en même temps qu'elle, d'éteindre puis de rallumer ma veilleuse quand elle dormait, j'ai tenu un jour. Le deuxième, j'ai fait le mur. J'avais peur que le concierge de l'hôtel me remarque, alors j'ai feinté. Une fois dans la rue, sans personne pour me dire que j'avais laissé Esther seule, j'ai exulté. Je savais qu'elle ne se réveillait jamais. Il faisait nuit, ce n'était pas la liberté de la journée qui m'aurait laissé le temps de lire sur la plage ou de faire du lèche-vitrines avant de m'asseoir devant un plat d'huîtres. C'était la liberté de la nuit, avec les hommes entassés dans les bars. Mais c'était déjà trop compliqué, les bars. Je voulais une rencontre beaucoup plus rapide, dans le noir. J'ai marché vers la plage.

Je suis rentrée à l'hôtel, ivre de mon bébé abandonné. Esther n'avait pas bougé. J'ai pris une douche, je me suis couchée, impatiente qu'elle se réveille, pour pouvoir la prendre dans mon lit et sentir son odeur de pouce. Je n'en revenais pas de ce que je venais de faire. Je ne savais pas qu'on pouvait à ce point sentir le bonheur de l'air sur ses joues.

Chaque soir, je suis ressortie sans qu'on me voie. Je marchais le plus loin possible. Et quand je comptais qu'en sens inverse il faudrait bien une demi-heure, je marchais encore deux trois minutes vers ailleurs avant de revenir. Et là, j'avais si peur de trouver Esther éveillée, hurlant, la terreur à son chevet, que je commençais à courir. Je cherchais des mensonges impeccables. Ils se transformaient en délire le temps que j'arrive au pied de l'hôtel. Je sondais l'ambiance. Si un groupe s'agitait dans le hall, je m'affolais. Mais je ne me suis jamais fait prendre. Esther dormait toujours, et je venais de m'enfuir, de courir, de revenir, sans que personne ne soit témoin de rien. Je me fixais d'autres objectifs pour les escapades à venir.

Je soupçonne Quick d'avoir en lui un moteur grand large, lui aussi. C'est dommage qu'entre ressemblants on ne soit pas capables de se reconnaître. La porte s'ouvre. Esther revient de l'école, se précipite vers Quick en lui ouvrant les bras. Là encore, il faut que je m'en occupe. Elle est mal réglée sur la proximité. Elle devrait sentir qu'il y a des gens pour qui on ouvre les bras et d'autres pas. Elle veut se faire aimer à tout prix, et c'est ma faute, sûrement, mais quand on aura ces vacances, dans la ville qu'elle choisira, vacances grand luxe grâce à ma société de tapis de souris et sans l'aide de personne cette fois, je réglerai tout ça une bonne fois.

Quick arrête Esther en tendant le bras. Il ne va quand même pas lui serrer la main ? Le téléphone sonne. Je décroche. C'est ma mère. Quick m'adresse un signe et s'en va. Esther me regarde, coupée en deux. Elle est heureuse qu'il soit parti, mais paniquée que je lui en veuille.

4

Ma mère n'a pas pu s'empêcher de me rappeler ce matin, pour savoir si j'avais toujours mon bandage, et me proposer pour le camoufler un foulard à nouer en turban à la Greta Garbo. Tu ne peux pas te présenter en souillon chez ces gens, a-t-elle observé. Je suis accueillie par un majordome, tandis que le vieux monsieur avec lequel j'ai rendez-vous me reçoit en charentaises. On est entre nous, suggère son attitude, d'autant que j'ai jadis profité de sa piscine, l'été, à la campagne, quand je jouais avec son petit-fils. Il me connaît depuis que j'ai sept ans. Il dit douze et j'approuve. Il me demande des nouvelles de mes parents puis commente le fait que tous ses copains partent les uns après les autres. Il n'est pas sénile mais il ne voit pas très bien ce qu'il pourrait faire pour moi. En fait, il nous teste, moi et mon potentiel d'entrepreneuse. Toujours est-il que pour le chèque, ça ne va pas se faire tout de suite, c'est un plan en trois voire quatre bandes, ce n'est pas grave, je suis maintenant entrepreneuse donc stratège, et j'aime le challenge. Cette petite visite de trois heures trente prend ma journée. Ma tête s'échauffe sous l'épaisseur du bandage et du turban que j'ai fini par accepter. Je suis même passée à la boutique me le faire nouer par ma mère qui avait son air fier et gêné à la fois, fière de montrer qu'on s'entend bien et gênée que je ne sois pas mieux habillée, plus causante avec ses collègues, et pourquoi tu n'as pas mis tes perles pour le rendez-vous ? Je n'ai toujours pas avancé sur mes chiffres, ni trouvé de fabricant. En revanche, le vieux m'a donné une bonne piste pour dénicher une attachée de presse, la meilleure de Paris, chère mais c'est ce qu'il me faut pour mes petites souris. Souris pour voir ? m'a-t-il dit.

J'ai déjà pensé à quitter Paris et à m'installer en proche banlieue, comme Claude, afin qu'Esther puisse faire des activités de plein air, mais avec mon business, c'est fichu. Et puis le Monsieur vit dans ma rue et je ne peux pas partir avant même de lui avoir parlé. L'autre fois, j'ai failli. Mais je venais d'acheter du PQ. C'était compliqué comme approche, mes vingt-quatre rouleaux sur le ventre.

En banlieue, je pourrais transformer un garage en atelier, et je découperais mes souris moi-même. Avec un modèle, un calque et un cutter, un bon feutre pour la personnalisation, je ferais tout, sans l'aide de personne. Je suis le genre à me suffire. Même si je ne peux pas m'empêcher d'accepter l'aide de mes parents. C'est toujours plus simple de dire oui.

Du coup, je passe le week-end à rénover ma chambre, avec maman aux tissus et papa à l'agrafeuse. Vive Mammy ! Vive Happy ! chante Esther dans le couloir. Elle les imite. Mes parents font une fête avec rien. Je ne sais pas pourquoi je n'ai pas hérité de leur talent. J'ai toujours eu des hommes qui, comme moi, râlaient en faisant des travaux. Ils avaient le regard noir de la bête prise au piège. Mon père, lui, chantonne, et ma mère sert des jus de pêche. Elle dit que les vitamines vont l'aider à y voir plus clair. Fleurs vertes ou mauves, sur un pan de mur ou deux ? Elle s'interroge. Bien sûr, elle me demande mon avis mais moi, de toute façon, j'avais dit blanc. Quand elle a répondu que c'était dommage de choisir du blanc et d'être si peu originale, alors qu'il y a tant de belles couleurs aujourd'hui, et que ça ne les gêne pas du tout de se risquer à plus difficile, j'ai laissé tomber. Tu es telle-ment gnangnan, remue-toi un peu, c'est ta chambre quand même ! a grondé ma mère. Elle m'a apporté des tissus fleuris, avec un magazine de décoration, mais pas n'importe lequel, *Interiors*, celui dont Ira von Fürs-tenberg s'est inspiré pour son jardin d'hiver. Ma mère me dit de vite oublier, ce sera la surprise, mais pour Noël elle m'offrira le dessus-de-lit patchwork assorti au papier peint. Une folie qui vaut le coup pour avoir une vraie pièce déco. Le patchwork revient. Qui sait si elle ne va pas le coudre elle-même, des nuits durant, et y glisser plusieurs morceaux de mes petits pyjamas d'enfant. Je le dis, elle me répond Compte dessus et bois de l'eau fraîche, je n'ai pas que ça à faire de mes nuits. Je l'achèterai déjà cousu et je peux te dire que ça se garde une vie. Alors respecte-le, je te prie. Et le mode d'emploi pour le laver va me sembler si com-pliqué qu'elle me dira Non, laisse tomber, ça aussi je vais m'en occuper.

Quand je pense à la fontaine que je déclenche dès que Quick me saute, j'ai du mal à répondre à ses questions de moquette. À propos de mon idée de carrelage, ma mère tique. Elle sait que c'est moderne, la pierre, la dalle, mais pour sa part, elle trouve le résultat très froid. Alors qu'une bonne moquette Scotchgard, c'est quand même agréable, surtout l'hiver, moi qui chauffe peu. D'ailleurs, je ne dois pas hésiter à leur dire si je chauffe moins à cause de mes finances. Ils peuvent m'aider, ils sont là. Ils ne comprennent pas pourquoi j'ai quitté un boulot comme celui que j'avais, mais maintenant que la chose est faite, on n'en parle plus, on avance, wok.

Je leur laisse carte blanche. Tu as raison, constate ma mère. Dès que tu touches à la décoration, c'est la catastrophe assurée. Tu te souviens de ces affreux rideaux ? Avec Claude, on en rit encore. Il te demande une toile occultante et tu lui sors des macramés ! La patience de ce garçon m'a toujours épatée. Des comme lui, tu n'en trouveras plus.

Esther gambade entre nous trois. Elle demande une chute de tissu pour décorer son cahier de poésie. Ma mère répond à sa demande. J'aimerais être cette femme en travaux qui se préoccupe aussi, à l'entour, des questions, et prend les caprices pour des urgences. Ma mère dit Ah mon Esther ! Si je ne m'occupe pas de toi, ce n'est pas ta mère qui le fera !

Pendant que tout le monde repeint ma chambre, je me mets au travail. Je dois répondre à la dame du ministère qui s'occupe des sociétés en projet et m'a reçue pour me donner des conseils. Elle vient de m'envoyer un courrier. Après réflexion avec son équipe, et sa petite-nièce, elle trouve que les souris, c'est marrant, mais qu'il vaudrait mieux diversifier les animaux, pourquoi pas chats, chiens, canards, même loutres ou hippocampes pour les originaux. Elle pense aussi que je dois songer à des animaux qui font tilt dans le cerveau des enfants, comme Dora l'exploratrice, les Schtroumpfs ou Candy. Ce n'est pas du tout la même époque, elle le sait, mais elle n'est pas là pour faire le travail à ma place. Elle ajoute qu'elle a le bras long si je cherche des locaux mais que le mieux est de commencer chez moi à bien préparer mon projet. Un projet est comme un grand voyage. On remplit son sac à dos, il pèse une tonne, et petit à petit on l'allège et on se rend compte qu'on avance bien mieux. Il faut quand même que je lui dise que les Schtroumpfs ne sont pas des animaux, ni Candy, ni Dora l'exploratrice. Mais peut-être que je ne suis pas obligée de lui répondre en fait ?

Si, dit ma mère. Toute lettre mérite réponse. Ne sois pas toujours si cossarde.

5

J'avais déjà remarqué que Quick prêtait peu d'attention à l'environnement. Saint-Vaast ou les Seychelles prenaient la même couleur dans ses yeux. Je l'avais envié d'être à ce point en lui, sans éparpillement, sans déperdition. Je pensais qu'on allait s'amuser de ma chambre fleurie mais on a fait l'amour dans la cuisine. Je regardais la pendule, en me demandant à quelle heure il allait partir. On s'est couchés, il est resté, sans dire un mot sur le papier peint. À trois heures du matin, je l'ai entendu se lever. Quand la porte d'entrée s'est refermée, Esther, à pas de loup, a pointé son nez dans ma chambre. J'ai fait semblant de dormir, comme elle quand elle était plus petite mais déjà grande, et que je l'emmenais en voyage. Je ne fuguais plus. Elle sentait quand il fallait me laisser un peu tranquille. J'avais l'impression de m'évader, par ce geste de rébellion. J'aurais voulu savoir m'évader avec elle, mais tout ce que je faisais, c'était fuir, des yeux surtout, quand son bonheur éclatait sur le dos d'un âne ou l'avion d'un manège, et que je me demandais si je n'avais pas un problème de curseur. C'était impossible de l'aimer à ce point quand sa joie éclatait et de lui en vouloir quand elle renversait son pique-nique sur le lit en riant. Je me disais que c'était elle qui allait me réguler. Je trouvais Claude tellement sûr de ses principes, de ses définitions. Je suis là pour casser le lien entre vous deux, m'avait-il expliqué un jour où je lui avais reproché de montrer trop d'autorité envers Esther. Systématiquement, elle sautait dans ses bras en le voyant mais elle m'arrachait les cheveux en me serrant. Et il me défendait contre ses fureurs comme un amant possessif. Il me défendait contre une fille que j'aimais dans le moindre recoin du plus énorme défaut. J'ai tellement soufflé quand je me suis retrouvée seule avec Esther. Les nuits m'étaient devenues insupportables. Claude les hantait avec ses conférences. Il lui fallait s'entretenir sur nos ébats. Après avoir coupé le lien avec Esther, il tenait à ce que nous remplissions nos rôles d'amants. Si je ne baise pas ma femme chaque jour, c'est qu'il y a un problème, aimait-il déclarer devant ses amis. Un jour,

nous faisions l'amour, il s'est arrêté et il a regardé mon
sexe, listant les opérations qu'il envisageait d'y prati-
quer pour le rendre un peu plus joli. Mais qu'est-ce que
j'ai ? ai-je demandé. Tu n'es pas complètement réussie,
m'a-t-il répondu, en tirant mes joues vers l'arrière puis
en retroussant mes gencives.

Quand je l'ai quitté, à cette seconde-là mais en vrai
des années après, j'ai su très vite que j'allais arrêter
le magasin de luxe, un jour, et chercher le meilleur
de moi-même. Mais il arrive sans doute que des êtres
soient privés d'essence. Et sans m'avancer, je me dis
qu'il s'agit peut-être des êtres qui stagnent. J'aurais
besoin d'un conducteur.

Quick va s'absenter quelques jours. Il ne sait pas
s'il pourra me donner de nouvelles. Je n'ose pas poser
de questions. J'ai remarqué que dès que j'attente à
sa liberté, il m'évite. Je ne veux pas être évitée pour
quelque chose que je ne fais pas. Et puis j'ai d'autres
soucis, avec mon projet à monter. J'ai l'impression que
Quick le méprise. Mon projet est commercial, il n'y
a pas de pensée dans mon tapis de souris, et je vaux

mieux. Il l'espère mais il ne le dit pas. De toute façon, il sait que je ne suis qu'une halte. Il ne s'attardera pas sur moi. Ce serait plus simple pour Esther si je n'avais personne dans ma vie. Elle aime notre solitude. Elle supporte mal qu'on interrompe nos monologues parallèles, même si elle en a envie, parce que mes silences sont parfois des punitions. Et puis elle a peur des prostates. Elle m'en a parlé deux fois. Elle dit le mot, elle guette ma réaction. Je lui ai demandé d'où elle sortait ce mot, elle m'a avoué l'avoir vu écrit, mais ne veut pas me dire où. Sur le bureau de quelqu'un. Quand je lui demande si elle n'a pas fouillé au moins, elle m'assure que non. Je ne fouille pas. Les choses me sautent à la figure, me dit-elle.

J'ai tenu à garder le lien avec Lise et Guy après ma rupture avec Claude car Esther les aime beaucoup. De temps en temps, ils passent chez nous. Ils ont l'air d'aller mieux, ils prévoient même un voyage en Norvège à l'automne. On se croirait chez Nadine de Rothschild ! s'exclame Lise, découvrant ma chambre, et s'extasiant aussitôt sur le talent de ma mère. Puis elle s'attaque à ma société. Je comprends que tu sois attirée par les souris, me dit-elle, mais avec Claude, on se demandait si ce n'est pas un peu casse-gueule. Pourquoi tu ne fais pas des paillassons ?

Guy me regarde doucement, il sait que sa femme est en surrégime depuis qu'il a fugué. Il doit laisser du temps passer. Il reste calme, il a repris les rênes. Lise peut lui soutenir le contraire, il sait qu'elle oubliera tout, parce qu'elle est tellement soulagée qu'il soit là. Il n'a pas pu lui dire où il avait fugué, ni pourquoi. Elle se cogne, folle, à ses silences. Quand elle n'en peut plus, elle raconte qu'un homme lui a tourné autour il y a quelques années. Elle insiste sur le fait qu'elle a su se retenir, refusé de se tailler avec le premier venu. Elle dit qu'elle a eu des égards, de la jugeote, du respect, alors que Guy n'a même pas eu le sens du ridicule. Il m'a ressorti ses jeans troués, s'offusque-t-elle, Guy a voulu jouer au jeune et il s'est pris son âge en pleine gueule ! Guy ne dit rien. Esther intervient.

— Mais, je ne comprends pas… Lise et Guy sont encore ensemble ? me demande-t-elle.

Devant l'absence de réponse, elle file dans sa

chambre sans attendre nos réactions. Lise raconte
encore. La peur de l'attente puis le retour de son mari
qui fait comme si de rien n'était. Elle a besoin de
témoins. Elle s'appuie sur ma présence. Elle me parle
comme si Guy était le voisin de palier. Je ne lui ai
jamais demandé de m'aider, me dit-elle, mais à présent c'est terminé. Moitié-moitié, et il s'y colle. Une
couette dans une housse, un oreiller sous une taie, on
croit que ça se fait tout seul, hein ? Vide la vaisselle. Va
faire les courses. Récure les chiottes. Range tes chaussures. Fais la cuisine. Paye les factures. Appelle le plom-
bier pour la fuite, l'électricien pour le frigo. Descends
les poubelles. Passe le balai, cire le buffet, change les
ampoules, brosse les manteaux, porte les packs d'eau,
étends le linge, dégraisse les poêles, plie les pulls, bouffe
tes chaussettes, pousse les caddies, rapporte des sacs
pleins du supermarché, entends que tu as oublié les
filtres à café, et ferme ta gueule. Voilà la nouvelle vie
de Guy ! s'exclame Lise, cherchant mon soutien.

Mais je ne l'écoute plus. Je suis à la fenêtre et le Monsieur passe en bas de chez moi. Il passe sur le trottoir
d'en face et lève les yeux vers ma fenêtre. Il s'arrête,

s'adosse, me regarde. Il faudrait que je descende, mais peut-être que s'il me voyait, face à lui, il déguerpirait. Et je ne saurais jamais si je l'ai rêvé ou pas, cet homme de ma vie, dans ma rue, juste là, auquel je n'arrive pas à m'adresser de peur de me réveiller. Esther revient se serrer contre moi. Je la sens, collée à ma cuisse, le rideau en robe autour d'elle, elle me dit Viens, qu'est-ce que tu regardes, le vent, le froid ? Elle colle son nez à la fenêtre, et le Monsieur s'en va sans se retourner.

Guy m'accompagne dans la cuisine. Je n'ai qu'à me taire pour qu'il me dise merci de ne rien lui demander. Et il déroule la vérité tandis que Lise accepte de jouer avec Esther aux mots perdus.

6

Guy n'a pas fait exprès de fuguer. Il a roulé deux jours. Il s'est arrêté seulement pour faire le plein. Il a dormi le troisième jour et s'est réveillé le quatrième, dans un hôtel d'autoroute. Il a voulu descendre pour manger quelque chose mais il s'est rendu compte que l'hôtel était sans restaurant, et que la distribution des clefs était robotisée. Il avait donc fait la démarche de retirer des clefs dans un distributeur et ne s'en souvenait pas. Il est sorti et s'est ravitaillé dans une station-service.

Il était parti de chez lui un matin, Lise l'embrassant en peignoir sur le pas de la porte comme chaque jour, et il avait continué sa route au lieu de s'arrêter au bureau. Il avait pensé à Lise mais s'était dit qu'elle comprendrait cette nécessité de rouler. Il n'a plus jamais pensé à l'appeler ensuite. Il avait besoin de silence. Il aime son travail, il aime sa femme, il aime sa vie. Il a décidé de louer sa chambre d'hôtel jusqu'à ce qu'il ne la supporte plus, jusqu'à ce qu'il trouve à l'intérieur ce qu'il y cherchait. Il a pensé au HintHunt, ce divertissement à la mode où il compte emmener Esther. Une équipe est enfermée dans une pièce durant soixante minutes et doit trouver, grâce à des indices, comment en sortir. L'équipe retrouve sa liberté en résolvant des énigmes. Guy a eu envie de savoir pourquoi il était parti. Comme sa question restait sans réponse, il s'est demandé à quoi bon savoir pourquoi. C'est en rentrant chez lui qu'il a vu le nom de la ville où il avait séjourné, à deux mille kilomètres de là sur son compteur de voiture, mais à huit cents mètres de chez lui en réalité. Sa ville. Guy a donc séjourné chez lui. Il ne sait toujours pas pourquoi il a disparu. Il ne se sent pourtant jamais malheureux, ni même un peu fou. Il ne se sent pas capable de recommencer, sa femme lui manquerait trop. Pourtant elle ne lui a pas manqué une seconde. Quand il lui a téléphoné avant de rentrer, il a été heureux d'entendre dans sa voix chaque nuance qu'il aime, et par-dessus, ce voile qu'elle pose pour raconter le contraire. Il a entendu le soulagement, la peur, la sidération, la colère, le reproche, le désespoir, la peine, l'amour fou. Mais le lui raconter est impossible. Alors il préfère ne pas se souvenir. Il vient de se souvenir, là, dans ma cuisine, parce qu'il a trouvé que ma cafetière ressemblait à celle de la station-service. Une sorte de décor de cinéma. Guy me sourit. Je ne sais pas s'il a envie que Lise sache tout ça. Je pense à autre chose.

Si le Monsieur de ma rue est acteur, je ne vais pas pouvoir supporter. Je crois hélas l'avoir vu dans une publicité à la télévision. Il tranchait du fromage dans un champ et en tendait une part dont il vantait le moelleux entre le pouce et l'index à une femme du style je cultive ma terre et je vais cueillir des œufs, très éloignée du matériel dans l'idée, mais au fond je suis sûre qu'elle rêve qu'on lui offre des babioles, voire des bijoux, ou pourquoi pas des tapis de souris. Si le Monsieur est acteur, ça pose le problème de la vérité. Et je n'ai pas du tout envie de débuter une histoire basée sur le mensonge. Jusqu'à maintenant, pour moi, il était architecte. Tout chez lui trahissait sa fonction et j'aimais qu'il soit capable d'imaginer à la fois des fondations et des excentricités. J'étais sûre qu'il avait l'œil mais pas l'œil roublard par en dessous et par au-dessus d'une caméra. Il marche droit, il a cette façon de regarder les bâtiments, on sent qu'il les analyse et possède cet œil précis qui lui permet de lire à travers les murs. Un jour, il est passé à vélo. Je suis certaine qu'il se sent concerné par les questions énergétiques. Il a un vrai sens des écoresponsabilités. Souvent, il porte une barbe de trois jours. Si ça se trouve, il se rase moins par souci d'économie d'eau. Il explique toute la journée à ses clients qu'il faut réduire leur empreinte carbone et il est cohérent dans sa gestion de la vie courante. Avec un homme comme lui, je serais à l'aise pour me mettre en pyjama. Je déteste être habillée chez moi. Je suis sûre que je me sentirais bien avec lui, et je mets ma main à couper qu'il ne me tromperait pas, ou alors il le ferait avec tellement de précautions, il fabriquerait un tel no man's land pour son adultère, il n'y aurait tellement pas de preuve, que même lui l'oublierait.

7

Il faut que je te voie, m'a dit Quick, me demandant
l'autorisation de passer à la maison, et je n'ai pu m'empêcher de lui répondre qu'il avait les clefs. Il revient pour
me quitter, avant de disparaître définitivement. Sa dis-
parition annoncée de quelques jours est un leurre. Avec
son débit fracassé, les mots sortant de lui comme s'il
se débarrassait d'organes trop lourds, il va me quitter
avant même de m'avoir livré l'identité de la folle qui m'a
défoncé le crâne. J'ai tout compris de leur petit commerce amoureux. Je ne peux pas rivaliser avec elle. Elle,
c'est l'amour. Moi, je suis un compagnonnage. Je dois
refuser à l'angoisse de monter. Et puis il y a le Monsieur, sauf qu'à présent il est acteur, alors est-ce qu'il vaut
vraiment le détour ? Je préférerais garder Quick, avoir
accès à son intime, mais il l'a déjà donné à quelqu'un.
Sa folle est partie avec. Il a sans doute trouvé chez moi
l'apaisement, mais je ne suis rien de plus qu'un havre
de paix. Il s'y sent mal, parce qu'il est en guerre et que

rien ne peut le détourner de ses batailles. Sa bataille, c'est elle, et la fureur qu'elle avait dans les yeux en me tabassant. Je la revois, pliée dans son cercueil de fortune, me demandant de ne pas la toucher, de la laisser là, dans sa malle. Et moi, jouant la femme de l'être aimé, alors que je n'étais rien d'autre qu'une fille sautée venant de prendre un bain en espérant un chausson aux pommes plutôt qu'un pain aux raisins, que je n'aurais pas terminé par peur d'avoir l'air vorace, et soupçonnant chez Quick l'envie d'une femme neutre, invisible. Il ne veut pas effacer l'autre, il veut la garder, elle et son chagrin, il ne veut rien perdre d'elle, même sa fureur. En fait, il l'aime entièrement, et il aime encore davantage le mal qu'ils se font. Cette douleur est à eux, aussi forte que l'amour. Et moi, je ne peux rien comprendre à tout cela puisque je suis hors jeu.

Un jour, Quick m'a percutée. J'étais passée au salon du mariage pour embrasser Lise qui y travaillait. Une rencontre en forme de choc et, même à ce moment-là, il n'a pas souri. Il a été prévenant, il s'est excusé, mais il avait les mâchoires serrées. Nous avons pris un café. Mais il n'arrêtait pas de se retourner, comme s'il était en fuite. J'aurais dû comprendre qu'il la sentait dans son dos. C'était elle, déjà, sa folle qui nous surveillait sans cesse. Je n'aurais pas dû accepter de prendre le thé, le lendemain, chez lui. Quand j'ai voulu partir, il m'a dit Non, tu ne peux pas partir puisque je ne t'ai pas encore embrassée. Et j'ai fondu parce qu'il disait je et pas nous. Nous sommes sortis marcher, il a pris ma main, et je me suis demandé à quelle heure il allait m'embrasser, à cause du retour d'Esther et du train à ne pas manquer. Du coup, c'est moi qui l'ai embrassé. Puis je suis partie précipitamment. En retard à la gare, j'ai trouvé Esther toute petite au bout du quai, là où je lui avais recommandé de m'attendre en cas de problème, afin de ne pas rester plantée au milieu des rames où, à tout moment, un malfaiteur pouvait la saisir et l'embarquer. Nous sommes rentrées chez nous, elle taisant le week-end chez son père, moi taisant le dimanche au soleil avec un homme comme je n'aurais pas osé rêver, une sorte d'être implacable, vivant comme un élément, une matière, et pas tout à fait débarrassé de son esprit pour autant. Et puis Quick m'a appelée, il m'a rejointe le soir même dès qu'Esther a été couchée. Après, j'ai toujours senti qu'il ne voulait pas de moi mais qu'il acceptait ma compagnie en attendant mieux, ou plutôt le retour du mieux. Je me suis consacrée à mon projet de société pour lui montrer que j'étais libre, parce que j'ai compris que je ne devais pas lui manifester la moindre insistance. Et pourtant, maintenant que je sais qu'il va me rendre visite pour me quitter, je suis dépendante de lui, ou des seuls mots qu'il sait dire sans trébucher dessus. Il y en a très peu, mais moi je retiens J'ai envie de te prendre et Dors mon amour.

Peut-être que, s'il me promettait de m'appeler plusieurs fois par jour pour me les dire, je m'en satisferais. Peut-être que je n'ai pas besoin de davantage. Peut-être qu'en dehors de ces deux phrases-là, une relation m'importe peu. Je sais qu'un type se transforme en parfait connard si je laisse branché mon sèche-cheveux sur la prise de son rasoir. Le miroir m'est témoin de la gueule enragée qu'il tire d'avoir dû débrancher une prise. La même que celle qui le déforme si j'ose réclamer une course, non, les packs d'eau je m'en occupe, mais j'ai oublié la moutarde. Ah ! Le connard furieux dans les rayons pour femmes qui cherche pourquoi ce serait à lui de réparer mes oublis. Alors je veux juste qu'on ait envie de me prendre et qu'on garde le lien entre deux prises. Si je sais que j'existe dans une vie, ça peut me suffire. Je vais lui dire qu'il n'est pas obligé de m'appeler chaque jour, qu'on peut espacer. Mais quand même, quand on a dit Mon amour, on est obligé de donner suite. On ne peut pas me dire Mon amour un matin, puis me larguer le soir. C'est illogique. Ou alors Quick ne pensait pas ses Mon amour, et dans ce cas il ne le pensait pas non plus quand il disait avoir envie de me prendre. Il se forçait ? Et de qui avait-il envie quand il bandait ? De sa liberté ? C'est le vide en moi qui le fait bander, pas moi. Quand la folle m'a attaquée, je lui ai semblé moins vide tout à coup. Je suis devenue lourde. Il avait du mal à regarder mon crâne, mais c'est elle qui le rendait douloureux, l'image d'elle me défonçant la tête. Était-elle encore là quand il est revenu de la boulangerie ? Dans mon demi-coma, est-ce bien elle que j'entendais lui murmurer pardon, à lui, et pas à moi, est-ce lui qui lui disait d'une voix que je ne connaissais pas, tendre, apeurée, aimante, vigoureuse, furieuse, bavarde et compréhensive, Pars, va-t'en vite, ne reste pas là, je m'en occupe. Est-ce eux dont j'ai entendu les baisers, lui répétant Pars, et elle lui obéissant en courant ? Juste après, j'ai rouvert les yeux. Je ne voulais pas les gêner en les rouvrant avant.

Quick s'assoit dans la cuisine. Il triture l'anse de la tasse que je viens de lui servir. Il tape du pied, agite son genou, pianote avec ses doigts. J'ai préparé ma phrase. Je vais lui demander une dernière fois de me dire J'ai envie de te prendre et je le garderai en mémoire, plutôt que de l'assommer avec une jalousie dont il n'aura que faire. Il dit :

— Tu sais, j'ai réfléchi. Ça fait des jours que je veux t'en parler mais je ne sais pas comment m'y prendre. Ne te vexe pas mais les tapis de souris, c'est vraiment une mauvaise idée. En plus, les ordinateurs n'auront bientôt plus de souris. Tu comprends ?

8

Quick a mis son grain de sel. Il ne peut pas avoir envie de me prendre et me parler de mon business, idiot, et dans sa bouche encore plus que dans la mienne. Claude rabat-joie, je m'adapte. J'accepte même qu'il l'ouvre encore, pour Esther, me félicitant chaque jour de m'être séparée de lui. Mais Quick mettant son grain de sel, c'est contre nature. Je le veux muet et, à présent, il discute. Pire, il commente ce que je suis en train de me fabriquer. Il donne son avis, il propose autre chose. Il m'assure qu'il n'a rien contre le commerce mais considère que je m'offre un enterrement de premier ordre. Il suppose que vendeuse dans le luxe, c'est trop de soumission, trop d'abaissement, et il comprend que je ne supporte plus cette tâche, même avec humour, mais lancer un e-commerce, me dit-il, n'est pas du tout fait pour toi. Comment connaît-il ce mot-là ? E-commerce dans la bouche de Quick, ça ne se peut pas. C'est impossible. Je regarde son vase, je vais suivre l'idée de ma mère, le transformer en lampe. Il ferait un beau pied de lampe, avec un abat-jour froissé, et s'il diffuse peu de lumière, qu'importe. Une lampe peut être décorative, elle n'a pas forcément vocation à éclairer.

Quick est là, dans ma cuisine. Bientôt, il va incliner le moulin à poivre et placer sa tête à hauteur de table pour poivrer comme il faut, au centre et sur les côtés, et surtout avec raison. Il va poser des questions à Esther sur sa journée d'école, refrénant tout énervement si elle annonce une mauvaise note, imitant le ton appliqué de Claude qui m'horripilait parce que je sentais toujours son envie d'exploser mais qu'il la niait, puis explosait plus tard, pour autre chose soi-disant. Et Quick est donc un homme de ce genre, lui comme les autres. Il n'y a plus de mystère. Bientôt il va rester dormir, me demander pourquoi la lampe ne marche plus et si c'est à cause de l'ampoule ; dans ce cas, ce que j'attends pour la changer. Il va me sortir chez des amis, et si je ne fais pas assez d'efforts vestimentaires, commenter que je pourrais m'arranger. Alors j'ai envie qu'il s'en aille, mais il est là, collé à moi, contre le lave-vaisselle.

Si je veux le faire fuir, je peux lui poser des questions sur la folle. Il n'aimera pas y répondre. Il trouvera un prétexte pour s'évader et, furieux d'avoir à fournir un prétexte puisque sa liberté est à lui, il claquera la porte. Je pourrais retrouver ma vie tranquille, me laisser envahir de joie en croisant le Monsieur dans la rue. Même acteur, je crois que je le préfère. Et puis il est peut-être acteur par sympathie pour un réalisateur et non par vocation. D'ailleurs, qu'est-ce que ça peut faire ? Dans la publicité où je l'ai vu, il palpe un fromage, c'est naturel, c'est noble, ce n'est pas indécent comme s'il se trémoussait pour un parfum ou une compagnie d'assurances.

Quick remonte son jean et quand j'entends le bruit de sa ceinture, je suis contente. Les bruits de Quick, ses bottes sur le sol, sa toux, la fenêtre qui s'ouvre devant sa cigarette, se referme derrière son mégot, ne sont pas rabat-joie. Ils correspondent, un par un, aux bruits de l'homme que je recherche. Le chien aboie, le lion rugit, la panthère feule, Quick frappe. J'ai si peur que le Monsieur cliquette.

La main de Quick caresse mes cheveux, il me demande si ma tête va bien. Mes histoires d'amour font de si bons films. Quand je quitte quelqu'un, je me dis que nous ne nous sommes jamais aimés. Je me demande si j'ai déjà vécu. Quick me dit Tu es trop belle avec tes soleils. Puis il me demande si ça me plairait de partir avec lui quelque part. Il parle des hauts plateaux de l'Inde ou du Fitz Roy, en Patagonie. On va faire des tapis volants avec tes tapis de souris, complète-t-il. C'est la première fois qu'il me parle si fort et si bas à la fois. Pourtant je sais qu'il s'adresse à une autre. C'est la folle qu'il veut emmener. Il essaye de la remplacer mais il n'y arrivera jamais. Je veux lui répondre oui, mais l'image d'Esther apparaît. Esther se plaignant d'une marche trop longue, d'un sommet trop haut, ou pire, avançant sans se plaindre jamais et me cachant, chaque soir, les ampoules recouvrant ses pieds. Esther s'extasiant de la beauté pour nous faire plaisir, pour nous plaire, mais pensant à la petite plage où elle aimerait tant avoir chaud, les pieds vernis comme une grande, à lire des journaux, à bronzer, à prendre des poses de jeune femme en regardant les garçons passer, avec moi n'osant rien remarquer, de peur de l'énerver soudain, qu'elle me trouve envahissante. Je pense à Esther campant avec nous sous la tente. On ne pourra pas la faire dormir seule dans une autre tente, et que ferons-nous de l'amour, à ce moment-là ? Je pense à l'avion, aux places pour s'asseoir. Ma tête luttera pour ne pas se poser sur l'épaule de Quick afin qu'Esther ne se sente pas seule, tandis que la sienne se posera sur la mienne. Esther luttera pour être heureuse tandis que je serai malheureuse de la sentir trop douloureuse. Je ne veux plus d'homme ici, je sais qu'à tout moment une plainte peut tomber contre moi comme un bras. J'aurai mal fait ceci, je n'aurai pas fait cela. Dans ma vie amoureuse, on m'a tout reproché, mettre une jupe en cuir ou ne pas en porter, baisser les yeux, les relever, être vendeuse et ne plus l'être, monter un projet puis l'abandonner, être bavarde, rester muette.

Je voyagerai quand Esther sera grande. D'ici là, elle a besoin de moi. Ce qui lui plaît, c'est nos vacances, notre hôtel sans vue sur la mer, nos balades lentes sous la pluie, nos fous rires devant la tête des gens, nos descentes dans les parfumeries. Je lui apprends les parfums puis, dans la rue, on les reconnaît. Elle aime nos pique-niques sur le lit, les étoiles et les nuages qu'on invente au plafond, les mille photos que l'on ne prend pas, que l'on rapporte quand même, et que l'on ne montre à personne.

ESTHER

1

Tu pourrais avoir ta place dans mon film, dit Clarence en me regardant, tandis que moi je regarde l'abat-jour, soulagée de ne pas tenir la chandelle puisqu'il y a déjà une lampe dans la pièce, avec un pied en forme de poisson. En vrai, Clarence s'appelle autrement mais quand ma mère m'a dit son nom, je ne l'ai pas retenu, volontairement. J'ai galvaudé par-dessus la jambe, et elle et Michel ont pris ça pour de l'humour. Je n'ai pas avoué que mon humour avait complètement disparu. Je n'ai pas dit pour mon père, dedans, qui passe son temps à m'agresser, à me dire du mal et à me parler. Ses mots sont des boulets qu'il m'envoie dessus pour m'effacer. Il m'en veut que Tamara l'ait quitté mais à ce point-là, c'est forcené. Et Michel, le nouveau copain de ma mère, a dit que Clarence était un nom qui sonnait vraiment bien. Il m'a prévenue que son fiston était *trop*, mais trop quoi, il n'a pas su me dire, alors j'attends de le découvrir.

On vient de meubler l'Algeco avec les invendus du vide-grenier. Au début, j'ai compris *le gecko*. J'ai cru que Michel nous offrait un lézard pour passer l'été. En fait, c'est une baraque de chantier. J'en peux plus que Clarence embrasse Priscille, alors dès qu'il s'adresse à moi, je panique et je l'entends mal. Je suis là et pas là, comme dans un drame. Je me retire entre ses mots, plutôt dans les blancs. Je lui trouve de la lumière mais je m'attends quand même au pire qui peut jaillir de lui, un pire invisible comme un drame transparent. Le drame transparent est un calque. Il s'adapte à tous les visages. Il colle aux situations. Il prend la couleur de ce qu'il recouvre. Il matifie ou il apporte de la brillance. Pour le moment, j'absorbe tout ce que Clarence dit comme si c'étaient des pommades. Ma peau d'enfant va disparaître, j'ai hâte de découvrir ma nouvelle figure.

Dommage Terra, tu étais quand même mignonne, ça grandit vite, on profite mal. Quand papa commence à me parler, je mets la main devant ma bouche, je l'étouffe. Mais il continue de s'agiter, et il me mord à l'intérieur. Une fois par mois, je déborde, je saigne.

Désormais, je suis une petite femme. À partir de

maintenant, quelqu'un peut me regarder bizarrement, quelqu'un de très proche même, comme s'il ne m'avait jamais vue. Ça, c'est la vérité, Terra ! Enfin tu y viens ! Un pot de colle que tu auras sur le dos, tout le temps, qui voudra te lire, te décrypter, qui fouinera dans tes recoins pour voir s'il reconnaît quelque chose ou si tu es un mystère complet. Tu vas voir comme c'est plaisant de sentir cette glu à tes trousses, tu vas enfin connaître l'absence de liberté !

Avec l'été, les fortes chaleurs, et d'après ce que m'a raconté Happy sur l'éclosion des chrysalides, il est possible que ma mue s'accélère. Oui ! Ton grand-père sait tout ! Ta mère lui demandait même si les minijupes lui allaient, c'est dire ! À moi, rien. Pas de question. Je n'avais droit à rien, enfin si, à la petite bouteille de parfum et au surnom tendre de ta Mammy, mon gendre chéri, *Claudio*, pire encore quelquefois, on me prenait pour l'athlète, l'habile, on me tirait la langue pour que je diagnostique les angines, on me tendait l'oreille, mais pas pour m'écouter. C'est moi qui ai détecté la surdité de ton grand-père, mais là encore, c'est lui qui m'a tout expliqué sur le sujet, et ta mère l'écoutait, toujours lui, jamais moi, alors les chrysalides, tu penses, fais-lui confiance ! La course démarre ! Tu vas devenir une grande dinde, l'esprit étroit, l'haleine pas nette, on devrait s'arrêter de grandir à quelques mois, après c'est trop, trop grand, trop tout, regarde-toi, tu ne sais pas quoi faire de tes bras.

Clarence me demande de l'aide pour placer une table sous la fenêtre, parce que Priscille est sortie se détendre avant le début du tournage. De toute façon, quand elle est là, elle ne nous aide pas, elle se prépare pour son rôle, elle dit qu'elle s'imbibe du décor. Tant mieux si elle finit avec la gueule d'un Algeco. Regarde comme tu es mauvaise, Terra, tu ne peux pas t'empêcher de médire, tu as le mal en toi, c'est bouleversant que je ne l'aie pas remarqué avant. Comme quoi, l'amour filial est un sacré déguisement.

Priscille a beau être moins intelligente que moi, elle est vraiment beaucoup plus belle. Et le truc sur la beauté et l'intelligence qui se compensent et se mesurent, c'est du n'importe quoi par rapport à la douleur qu'on ressent et tous les neurones qu'on voudrait bien céder pour avoir un cul moins rond. Quand on demande à une femme si elle préfère être belle ou intelligente, elle répond les deux pour avoir l'air intelligente mais, au fond, elle vendrait sa capacité d'analyse contre deux jambes d'un mètre vingt-six, et son sens de l'effort contre une taille de guêpe. Miss Je-pige-tout, tu en sais des trucs ! Une femme belle et intelligente, j'en avais une, elle s'est barrée. La faute à qui ?

Clarence me parle d'une table sous la fenêtre, et je m'impose une charte autour d'un contenu qui n'existe pas encore. Dans mon recul, j'imagine une scène ensoleillée qui contiendra un spectre noir. Je ne sais ni à quoi correspond le soleil ni à quoi rime le spectre noir. C'est toi, évidemment ! C'est toi, Terra, le spectre noir ! Je sens que je suis en train d'obéir à Clarence, ma sorte de frère, mon espèce d'alter ego, plutôt haltère comme dit Michel, et c'est bon et désagréable à la fois. Quel humour, ce Michel ! Ta mère a le don de trouver des hommes à l'esprit affûté... Tu te souviens du rouquin ? Elle disait qu'il n'était pas roux, et toi, toujours prête à te mêler de tout et à défendre ta petite maman, sans jamais savoir contre qui, contre quoi, tu disais blond vénitien et elle te suppliait de te taire ! Après, vous riiez toutes les deux, mais tu t'en voulais de rire comme ça, devant moi qui allais bientôt partir, alors tu te roulais dans mes bras. En partant, tu veux savoir ?, je chuchotais à ta mère que tu avais les cheveux gras. Et toi, tu fronçais les sourcils en te demandant ce qu'on racontait. Tu te sentais exclue, même chez toi.

2

Dehors, les pieds enfoncés dans l'herbe, Priscille fait bronzer ses tibias. Elle ne se retourne jamais pour s'intéresser à ce qu'on fait. Elle est si sûre d'elle qu'elle n'a pas besoin de vérifier que Clarence me traite comme sa bonniche. Et comment veux-tu qu'on te traite ! Tu t'agrippes aux meubles, visqueuse, tu déboules d'un recoin, liquide, tu te caches sous un rideau, devant, derrière, tu as tout d'une ombre. Tu veux nous sauter à la gueule, mais tu manques d'éclat. Tu es terne, terreuse plutôt, oui, tu es terreuse, Terra.

Sans avoir besoin de me voir, Priscille devine sûrement que je suis en train de lessiver les murs ou de balayer l'Algeco, et que Clarence me parle dans le seul but que je termine son ménage. Je dois me méfier. Bientôt, je le ferai par automatisme. Ça marche comme ça avec les hommes. Ils nous forcent l'instinct bonniche. Un beau matin, le type le plus doux devient une brute s'il ne trouve pas de beurre pour sa tartine et son caleçon propre plié au bon endroit.

C'est ta mère qui te raconte tout ça, Terra ? C'est ce que contenaient, jadis, tes petites histoires du soir ? Si j'avais eu ta garde, je t'aurais élevée mieux qu'elle. Tu n'aurais eu droit à rien, ni veilleuse ni câlin, tu te serais endormie à la dure, solitaire, tu serais devenue une fille entière, superbe. Tu n'es qu'un morceau de viande, tu ressembles à tout le monde. On veut un enfant rare, on obtient un échec.

J'empêcherai qu'un homme me parle mal. Clarence ne me parle pas mal, lui. Je fais la différence. C'est son style. Un peu brute, rien de plus. Et Tamara me disait qu'une brute n'était vraiment pas inquiétante. Un homme qui te montre son fond, c'est mieux qu'un homme qui ne montre rien, puis qui te le jette à la gueule une fois que tu as donné ta confiance. Je la croyais dans ses certitudes, elle ne plaisantait pas avec ça. Ton esprit, c'est ton habitat, me disait-elle pour m'expliquer. Ne lésine pas sur le budget, mets du bois noble, sois véritable. Tu parles ! Et toi tu l'écoutais ? C'est pour ça que tu l'as fait partir ?

Je ne suis la fille des rêves de personne mais je ne suis pas non plus classable dans les cauchemars. Donc je pourrais tout à fait plaire à Clarence, et Priscille pourrait me craindre, mais non, elle joue avec ses orteils. Et quand elle renverse la tête vers le ciel, il n'y a pas d'arrière-pensée sous son front qui bascule. Elle se dorlote au soleil, invitée à passer de bons moments dans le jardin, avec Clarence, qu'elle aime retrouver chaque été depuis qu'elle a cinq ans, espérant qu'il l'emmène en ville, un jour, plus tard, quand elle sera majeure. Et d'ici là, elle est la muse de ses films. Elle n'essaye pas de voir ce qu'on fabrique. On ne fabrique rien d'ailleurs, enfin si, un décor.

Un décor ? Ah oui, si tu le dis, sauf qu'avec toi à l'intérieur, ma pauvre fille, autant dire qu'on fabrique un drame.

Ce matin, ma mère s'est réjouie de notre départ au village. Je n'ai pas su si c'était parce qu'elle restait seule à la maison ou parce qu'elle voyait sa nouvelle famille s'éloigner. Quand on est rentrés du vide-grenier avec le coffre presque aussi plein qu'à l'aller, elle a fait un signe à Michel. Il lui a rendu son signe mais à la hâte, un peu comme s'il le lui renvoyait, puis il s'est garé plus loin, pas devant la maison. Il n'avait pas calculé, avant de l'aimer, que c'était si lourd, une présence. Michel voulait retrouver ma mère mais peut-être plus tard, le temps de s'habituer à l'idée qu'elle soit là à son retour. Il aurait voulu être content, mais elle l'encombrait, cette nouvelle femme présente dans son ancien décor.

— On va mettre le reste de vos trésors dans l'Algeco, nous a dit Michel en nous aidant à décharger.

Et ma mère nous a rejoints pour nous donner un coup de main. Je ne lui ai pas dit d'aller vite se cacher très loin le temps que Michel soit disposé à considérer sa présence, alors que je sentais de plus en plus qu'il voulait vider la voiture tout seul, avec nous les enfants, à la limite, pour détendre ses nerfs en nous donnant des ordres. Je l'ai laissée dégager ma main de ma bouche. Arrête avec ce nouveau tic, m'a-t-elle dit, qu'est-ce que tu trafiques sur tes lèvres ? Rien. Je les mords pour ne pas qu'elle entende gicler la violence de mon père.

Je suis disposée à ce que les choses glissent. Je mets du mien. J'espère le bonheur de maman. Je n'ai pas voulu la blesser en posant des questions exprès pour mettre Michel mal à l'aise, des questions sur le pourquoi on ne remet pas toutes nos affaires dans la maison. J'aurais pu les titiller, Michel et elle, mais j'ai d'autres préoccupations, parce que je n'arrive pas à me remettre qu'on ait vendu mes Fisher-Price, aéroport, camion et ferme. Et de cela non plus, je ne me plains pas auprès de ma mère, je lui donne sa chance dans son histoire d'amour sans l'entraver avec mes revendications. L'amour ? Ta mère ? Tu parles. Rien que ses chaussures sont des intruses dans sa maison, jamais l'amour ne pourra y entrer, ta mère est complètement fermée. Tiens, toi, est-ce qu'elle t'aime finalement ?

Je ne m'interpose pas entre maman et Michel avec mes petits énervements. Je dois régler mes affaires d'enfant, d'autant qu'avec la mue prévue, j'ai peu de temps. J'ai essayé de m'opposer à la vente de mes affaires, en précisant sur l'étiquette de mes trois jouets qu'ils étaient cassés. Clarence m'a dit qu'on n'allait jamais les liquider mais j'ai prôné l'honnêteté, la dignité. Il a cédé. Il a demandé si j'étais prête à prôner mon cul avec autant de conviction, et j'ai ri, pour me mettre à sa hauteur, alors que ces blagues me perforent, à cause de mon jeune âge, quand même, et des questions que je me pose sur l'avenir où il faudra certainement, parfois, rire de peur. Avec Clarence, je sens qu'il faut rire sans le penser, c'est le seul moyen de passer à autre chose.

Je me voyais déjà, victorieuse, remballer mes jouets, mais une cliente a tiré son gars par la chemise, devant notre stand, en réclamant mes trois souvenirs, et son gars, au lieu de lui dire qu'elle avait passé l'âge de minauder, lui a tout acheté. J'ai essayé de sauver au moins ma ferme, mais quand Clarence m'a entendue marmonner que j'avais déjà reçu des arrhes, que de toute façon le *meuh* à l'ouverture de la porte ne fonctionnait plus, et qu'il fallait la considérer comme quasi vendue, il m'a dégagée pour négocier avec le couple, les trois vintage à six euros cinquante si vous payez comptant. Et quand ils ont négocié à cinq, Clarence a exulté, le commerce dans le sang, l'affaire dans le sac,

Michel a sorti des tas d'expressions pour le féliciter et Clarence l'a envoyé boire un café. Il lui a dit que son père, là sans arrêt, assez copain mais père malgré tout, ce n'était plus du tout envisageable, surtout que les vacances allaient durer plus d'un mois. Il lui a expliqué qu'il supportait les conversations au ras des pâquerettes à table mais qu'il ne fallait pas lui demander davantage, déjà qu'il m'avait dans les pattes toute la journée et qu'il n'avait rien à foutre d'une sœur. J'ai fait un pas de côté, comme si je ne l'avais pas entendu, afin de ne pas le gêner. C'est bien Terra, maintenant tu connais ta place. Elle n'est pas dans la pièce, mais elle n'est pas non plus dans le couloir à épier.

En fait, ma place est dans ma vie, en toute discrétion, oreilles et yeux clos, bouche fermée, avec mes choses. Mais quand on me les vend, papa ne m'a pas dit comment procéder.

J'ai voulu tirer mon cheval orange par une fenêtre de la ferme Fisher-Price, mais ses épaules ont bloqué. J'ai passé les doigts à l'intérieur, pensant avoir le temps de le faire coulisser en oblique, mais l'acheteur s'emparait déjà de la poignée de ma ferme et je n'ai pu en extraire qu'une botte de foin grande comme un sucre. Un jour, on retrouvera ton cheval, lui ai-je promis en la suçant. Je n'avais pas d'autre planque que ma bouche dans ma robe d'été sans poches.

Juste après, j'ai souri à un passant d'âge mûr pour le plaisir qu'il me tranche en deux, me recouvre de beurre avec son regard, puis que je me récupère tout ouverte, glissante. J'aime bien provoquer le frottement dans ma grande fracture.

3

Depuis une semaine qu'on se recompose dans la maison de vacances de Michel, Clarence et moi avons pris l'habitude de l'Algeco, quarante-cinq degrés dedans contre trente-sept dehors, pour laisser nos parents fabriquer leur nid, passer à autre chose, une vie meilleure, des moments bénis en couple, la fête au quotidien si possible, ou au moins un jour sur deux pour commencer, mais rien ne m'empêche de phobiquer en dehors de l'Algeco le temps que Clarence fasse répéter Priscille. Je peux très bien phobiquer dans le champ. Je suis jalouse de Priscille mais, pour expliquer ma bobine de six pieds de long, je raconte autre chose à ma mère. Je ne peux pas lui dire que Clarence me ravage parce que je trouve qu'il sent l'empreinte, vas-y Terra, ramène-la avec ta poésie, fausserie, fausseté, tu es fausse, tu es par en dessous, tu es une trafiquante, rien n'est droit, tu n'es pas nette, son empreinte ! Je t'en foutrais des empreintes ! Ah si seulement j'avais

plus souvent imprimé celle de mes doigts sur ta figure !
Je n'ai vraiment pas d'autre mot qu'empreinte pour
exprimer le piquant miel-citron de Clarence. Et vas-y,
Terra, sors ton cahier de poésie, note tes horreurs !

Je me plains auprès de maman de l'ennui, de la len-
teur de l'été. Qu'est-ce que je m'enquiquine, dis-je à
ma mère qui tournicote souvent pas loin de l'Algeco
à la recherche de quelqu'un comme moi à soutenir,
qu'est-ce qu'on s'emmerde, j'insiste pour voir ce qu'elle
en dit, avant de me raviser, parce que je ne veux pas
la peiner. Alors je lance un compliment sur la beauté
des lieux, et elle me propose d'aller chercher une glace
en marchant pas trop vite, ou à cloche-pied, pour que
le temps d'arriver au congélateur il soit quatre heures,
et je pense Voilà comment on fait les obèses, en tuant
l'ennui avec du sucre, et voilà comment je vais me
ridiculiser davantage aux yeux de Clarence, s'il me voit
sautiller, langue pendante, mon cône à la main, et voilà
comment maman est en passe de devenir une mère de
famille pleine d'idées, trouvant des solutions à tout,
même à l'ennui.

Dans le jardin, Michel taille un arbre en forme de boule, tandis que ma mère répare le couvercle de l'essoreuse à salade, le garde à la main pour s'abriter du soleil et chercher son nouvel amour à travers champs, alors qu'il est là, de l'autre côté du chemin, à la regarder, totalement énamouré. Avant, c'était pareil entre papa et Tamara. On avait l'impression qu'ils étaient percutés par l'amour quelquefois, un choc comme une éclaboussure, une eau de beauté, ils irradiaient. Un jour, Tamara s'est mise à irradier beaucoup plus intensément que papa. Elle partait seule, pour de longues balades. Je ne sais pas où elle allait traîner mais, en tout cas, ses lourdeurs s'y évaporaient. Dès qu'elle s'approchait de papa, elle redevenait triste à pleurer. Quant à lui, il irradiait par convenance, peine et colère. Les trois se ressemblaient un peu. De quoi tu te mêles, Terra, ne me décris pas, ne me regarde pas, ne me parle plus, elle m'a plaqué à cause de toi.

Michel l'aime tellement qu'il a autorisé maman à vider notre cave dans sa maison de vacances. Du coup, ma mère va pouvoir transformer la cave en atelier.

En vrai, elle n'ira jamais à la cave, il n'y a pas de fenêtre. Mais elle est fière d'avoir apporté nos choses chez Michel. Du moins c'est ce que je crois au début. Elle est tombée sur un homme qui ouvre ses bras, sa maison, et il le lui prouve. Quick faisait semblant avec elle. Peut-être qu'il aurait voulu l'accueillir, lui aussi, peut-être qu'elle correspondait à son idée d'une femme possible, mais il ne pouvait pas lui ouvrir sa porte, il aimait encore son ancien amour éternel. On a beau vouloir s'en défaire, il y a des femmes qui hantent une vie. Ma mère l'a senti. Je crois qu'elle est satisfaite de déménager quelque chose quelque part, et de le dire à ses parents, avant de se faufiler, légère ou presque, parce que Mammy lui a prédit que ça ne marcherait pas – elle est trop changeante –, vers sa nouvelle vie. Pour une fois, ce n'est pas elle qui donne ses clefs à un homme.

Sauf que quand on arrive dans la maison de vacances de Michel, avant-hier, avec toute notre cave dans le coffre et sur le toit, il y a ce vide-grenier où maman décide finalement de tout bazarder et je n'arrive pas à savoir si, dans sa tête, c'est pour ne pas déranger la

maison de Michel en y entassant des vieilleries ou pour
ne rien y laisser qui lui appartienne. Et lui, au retour
du vide-grenier, balance tout notre bazar dans l'Algeco.
Si je compte garder ta mère, me dit Michel qui ne veut
pas remarquer que j'ai treize ans et pas envie qu'on me
parle des rouages du par en dessous, je dois la laisser
libre. Ta mère est un courant d'air, une âme.

Avec certains copains, elle ne pense même pas à me
signaler qu'elle a rompu. Elle pourrait songer qu'un
de ses gars va me manquer, mais non, leur identité ne
change rien au fait qu'ils sont de la même grappe. Leur
vin l'enivre puis la fatigue.

Je n'ai rien contre Michel. Il couvre ma mère d'atten-
tions. Et quand il tombe sur ses cavernes, il les éclaire.
Je n'avais jamais vu ma mère rire à des blagues nulles
comme un type qui descend son bonnet sur ses yeux
pour se faire une tête d'andouille, ou remonte son pan-
talon jusqu'aux aisselles. En ce moment, un rien la
distrait. Pour l'encourager, j'essaye de rire comme elle,
mais quand son père fait le pitre, Clarence regarde ailleurs à cause de sa honte. Après, il me dit que ma mère

est prévoyante, qu'elle doit craindre la cinquantaine pour se taper un mec comme son père.

La preuve, elle a signalé qu'il faudrait peut-être penser à de vraies vacances l'an prochain, avec des jeunes, la mer, un vaste choix d'activités de plein air, peut-être un stage de bateau ou de danse locale pour Clarence et moi, et Michel lui a rappelé que l'ennui était très bon pour les enfants. Cette année, on aménage la maison autrement, a-t-il insisté, on fait du neuf avec du vieux, c'est aussi un dépaysement. Maman lui a répondu que ça dépendait de l'ennui, comme s'il y avait deux sortes d'ennui, l'ennui qui descend et l'ennui qui monte. Et Michel lui a offert son écoute flottante mais au bout d'un moment, quand il a compris que ce qu'elle disait montait et descendait sans jamais s'arrêter à aucun étage et qu'elle allait finir par lui demander pourquoi il taillait les arbres en forme de boule, il a dit Stop, on est très bien ici, à la campagne ! Elle lui a répondu Stop-stop ou stop-on continue ? Et il a ri. Mais j'ai senti dans son rire le trou de mon père. C'est la courtoisie du début. Un jour, elle se transforme en masque et on se rend compte qu'on n'a pas épousé un ange qui manque de courtoisie, mais un courtois qui n'a rien d'un ange. Quand elle m'a expliqué le phénomène, ma mère a fait comme si elle me parlait d'un inconnu, mais je sais qu'elle parlait de mon père. Quand elle parle de lui, elle me regarde intensément, si satisfaite qu'aucun de mes traits ne le lui rappelle. Chaque fois qu'on nous dit qu'on se ressemble toutes les deux, elle exulte et, juste après, elle ajoute que j'ai aussi un petit quelque chose de mon papa. Elle se force tellement bien pour m'éviter les souffrances de la distance.

Il vaut mieux laisser ma mère et Michel établir leur connivence sourde. Et je pense que Clarence a raison quand il m'explique que soit on reste dans leur moule, soit on s'en sort. Il m'initie à la suite de ma vie. Pour que ma glace ne se transforme pas en brocolis. Pour que ma botte de foin retrouve son cheval.

Dans le scénario du film de Clarence, je dois m'asseoir sur la table de l'Algeco pendant qu'il embrasse Priscille, et il filme la scène huit fois. On est trois dans neuf mètres carrés. Leur haleine plane jusqu'à moi. Clarence a posé la caméra de façon à filmer mes jambes, dans le fond, à l'arrière-plan du baiser. Je suis figurante parce qu'il est important pour l'histoire qu'il y ait un témoin de ce baiser. Par la suite, après l'assassinat, et pour l'enquête, ça servira.

— Et qui va-t-on assassiner ?

— Toi, me répond Clarence entre deux prises.

C'est pas logique.

4

Je vais mourir. Sous peu, il ne restera plus que le désespoir. Bon débarras, Terra ! On vivra mieux, après, sans toi. Assez souvent, je mentionne mon amie Inès, pour montrer à Clarence que j'ai moi aussi une vie sociale malgré mes treize ans ridicules qu'il a tendance à minorer. Son film, c'est une chose, mais si je ne veux pas me résumer à un cadavre de scénario, je dois m'arranger pour faire passer le message que j'ai une existence propre. Inès est partie en vacances en Arménie. Avant, je racontais ses voyages à ma famille, mais depuis que j'ai découvert que je détestais qu'on me réponde que moi aussi j'irais un jour, je ne raconte plus rien. La seule avec qui j'aime voyager est ma mère, même si sa mantille noire nous cache le soleil. Dès que je suis contente, ça l'émeut, et les larmes montent dans son sourire. Mon père est encore plus lourd, sous des allures de surface légères. Il joue le joyeux mais il s'ennuie. Il s'arrange toujours pour qu'on parte en vacances chez des gens, ou qu'on emmène quelqu'un avec nous. Je ne dois pas inspirer le face-à-face. Et pourquoi inspirerais-tu le face-à-face, dis-moi, Terra ? Tu imagines ce que pensent les gens, tu n'es pas fichue de les ressentir. Plus tu vieillis, plus tu te retires avec l'idée que tu te fais d'eux. Eux, tu n'en as rien à secouer. Ce que tu veux, c'est ce qu'ils te donnent, ce qu'ils t'apportent. Tu pompes, tu suces. Va-t'en, dégage.

Ce n'est pas ce que me dit le pommier, auprès duquel je me suis réfugiée pour que ma mère croie que je m'occupe des fruits qui poussent et ne me demande pas de participer à la décoration de la maison. Michel veut que maman y mette sa patte, parce qu'il dit qu'une femme a des idées, et depuis le temps qu'il attend la bonne idée pour rendre son intérieur un peu sexy, elle tombe bien.

Sur *sexy*, Clarence m'a regardée pour voir l'effet du *sex* sur moi. J'ai fait la blasée, donc il m'a fixée, et j'ai rougi, mais sur autre chose. Je me suis arrangée pour me lancer dans un effort physique type resserrage de lacets, même si j'évolue en tongs. Oui, j'évolue parce que Clarence m'a dit d'évoluer dans la scène numéro deux qui m'attend. J'évoluerai donc, au pied de l'Algeco, jusqu'à ce qu'on m'abatte, mais je ne sais pas encore comment.

Ma mère déteste mettre du sexy. Son plaisir, c'est le pyjama. Il faut la voir, lourde, empotée, dès qu'elle se force à s'arranger. Certains jours, elle enfile ses jeans. Elle se déplace, eux sur les jambes, comme avec des bottes en ciment. Quand elle remet son *pantamou*, tellement contente de respirer, elle redevient agile comme une liane. Mais depuis qu'on est chez Michel, elle met du sien, elle porte des robes, elle ne plante aucun mauvais esprit. Elle a dû le laisser chez nous. Quand Quick partait de la maison, elle lâchait parfois des vacheries, retourne dans ta caverne pauv' singe !, mais dès qu'elle voyait que je l'entendais, elle continuait comme une chanson, inventant des paroles, des rimes, parce qu'elle a le droit de se moquer, mais elle aime m'élever strictement. Elle ne se trouve pas fiable comme mère, elle a toujours peur de mal faire, mais ce n'est pas faire, à ce point-là, elle a peur de mal être, voilà.

Ça me paraît trouble qu'elle ne se moque pas des petits rituels de Michel. On le repère à quinze mètres, le maniaque. Je l'ai vu essuyer un brin d'herbe. Du coup, je ne comprends pas pourquoi il n'est pas plus autoritaire avec les règles de grammaire. Clarence délire. Vraiment, le coup de l'adverbe en plein milieu du titre de son film, ça ne passe pas. Je le lui ai dit, il m'a écoutée puis m'a signalé, tapant du poing sur la table de l'Algeco au risque de briser la lampe en forme de poisson – *notre* lampe en forme de poisson, car tout ce qui est dans *notre* Algeco est désormais à *nous* –, que c'était lui l'auteur et le réalisateur du film, et pas moi, et qu'il en choisissait le titre, le contenu, et les acteurs. Alors je n'ai plus rien dit sur *La Horriblement Peur de vivre*. Il appelle son film comme il veut, et moi je joue le cadavre parce que de toute façon, à part aider ma mère à mettre du sexy, je n'ai rien d'autre à faire.

Priscille me rejoint au fond du jardin. Elle veut une pomme. Je lui dis de repasser dans deux, trois mois, quand ce sera la saison, quand Clarence et moi serons rentrés à la ville, alors elle tique, elle ne comprend pas ce que les pommes font déjà sur l'arbre si c'est pour ne pas être mangées. J'ai la confirmation que je suis la plus intelligente. Mon seul retard, c'est le baiser. Je suis dans la phase Albinoni, je peux pleurer sur l'*Adagio*, incliner les sourcils dans le reflet de mon armoire, danser, me jeter au sol comme une étoile perdue, mais je ne peux pas donner à un garçon davantage que mon âme. Je pleure souvent sur Clarence, mais je ne me sens pas de l'embrasser. Rien que l'ombre de sa petite moustache et je vois un grand plat d'aligot. J'ai mêlé dans ma tête le baiser et le fromage, les langues et les morceaux, un jour où j'ai vu mon père embrasser Tamara en mangeant un sandwich. J'étais aussitôt partie dans ma chambre en pleurant, il était venu m'y consoler. Ce n'était pas de la consolation parce qu'en me serrant dans ses bras, il continuait sa pelle, là-bas, avec elle qui me faisait la tête d'avoir interrompu l'ébat.

Priscille a un an de plus que moi. Elle embrasse. Cette année, je vais devoir y passer. Mais Clarence ne m'a rien demandé. Si ça se trouve, je ne suis pas à son goût. Sauf qu'il m'a dit, au vide-grenier, que je plaisais aux vieux, et que ça allait me faire un avenir très compliqué. Je n'ai pas eu envie d'entendre sa réflexion même si j'étais flattée qu'il note qu'on me regardait. J'étais préoccupée par mes Fisher-Price alors j'ai joué l'affairée exténuée, qui ne sait plus où donner de la tête avec toutes ces mauvaises personnes qui lui adressent des sales pensées. Je lui ai même donné des ordres, mais quand Clarence m'a dit Eh ! Oh ! C'est moi le vieux, et t'es pas ma sœur, alors les ordres, je m'en occupe ! j'ai senti une sorte de démence. Je l'ai regardé comme le copain de mon père parti en vacances avec nous. À un moment, il était sorti de l'eau, avait marché vers nos serviettes pour nous montrer un coquillage qu'il venait de trouver dans la flotte, et je ne savais pas où regarder parce qu'il se baignait la bite à l'air. Je fixais son menton.

Priscille et Clarence me font de grands signes, le tournage recommence, je dois les rejoindre. Le problème quand on veut s'enfuir, c'est quand on ne sait pas où aller, et les regarder s'embrasser peut me détruire. Je suis amoureuse de Clarence mais on me dit qu'il est comme mon frère, alors je ne sais pas si j'ai le droit. Je voudrais fuguer pour réfléchir, qu'ils aient tous si peur en me cherchant qu'ils se fichent ensuite totalement de mon dilemme et de mon amour flou.

Je n'ai pas de lieu où fuguer, à part chez mon père. Mais depuis que je saigne, il m'ignore. Avant, on s'entendait pas mal ; mes règles ont amené le silence. J'ai rien dit de leur venue à papa pourtant, j'ai même écouté Tamara qui m'a fait un cours de poubelle, et tu les jettes comme ci comme ça, bien roulées tes petites serviettes, pour qu'on ne voie rien, tu entoures du papier vert, et pour cacher le papier vert et masquer l'odeur de sang, qui pue, tu rajoutes un petit sac plastique, regarde, je t'ai pris des sacs à crotte, c'est pour les chiens mais c'est très bien. Tu emballes le tout et surtout tu n'en parles pas. Quand tu auras l'âge, tu le diras, juste pour prévenir l'homme que tu aimes, et tu verras, il y a les deux styles, ceux qui s'en fichent, les pas dégoûtés, les mêmes qui aimeront ton cul, les bons coups quoi, et puis les autres, qui tordent le nez, parce que le sang, ça les complique. Laisse tomber ceux-là, il leur manque un élan, je te conseille les hommes pleins d'élan parce que toi, ma vieille, tu en manqueras.

Tamara me parlait parfois assez abruptement. Je souriais pour qu'elle continue mais j'avais envie qu'elle arrête. Peu de temps après, elle est partie, et je n'ai pas compris qu'elle s'en aille. J'avais fait comme elle m'avait dit, les petites serviettes bien emballées dans la poubelle. Mais elle a disparu d'un coup, sans même laisser un mot d'adieu. Ensuite, papa et elle se sont téléphoné. Forcément Terra ! Toujours l'oreille qui traîne, l'œil dans la serrure ! Tamara avait envie de divorcer pour épouser son grand amour. Elle l'a balancé à mon père et il a mal supporté que le grand amour ne soit pas lui, il a parlé du temps perdu. J'aurais voulu qu'il me la passe. Il a refusé. Ensuite il m'a accusée d'avoir tout cassé, à ne jamais les laisser respirer. Il fera sa vie avec une autre, mais jamais avec moi. Il m'a dit que j'étais égoïste, il a recompté les femmes perdues à cause de moi. Il m'a reproché de ne pas l'avoir laissé danser à son mariage. Tu es venue pleurer en face de moi, Terra, et j'ai lâché ma femme pour toi, pour la petite conversation tous les deux, la millième où tu m'as dit que c'était dur pour toi, toujours toi. Maintenant, elle est partie. Si j'avais été avec elle, elle ne serait pas partie

avec lui. Il s'est insinué sous tes traits, dans ta peau, tu
ne le sens donc pas ? Avec sa grosse pieuvre, il est là.
Et quand je te regarde, je le vois. Tu es lui ! Chaque
fois que tu ne nous lâchais pas, chaque fois qu'on allait
se promener et qu'au retour tu me le reprochais, me
serrant dans tes tentacules, elle pensait à lui, elle partait.
C'était ce que tu voulais, n'est-ce pas ? Sois contente,
elle ne reviendra pas. Elle avait besoin d'un homme.
Ma femme est partie, c'est ta faute. Va donc nous en
faire un poème !

J'ai cherché mes larmes quelque part, et papa a cla-
qué ma porte. Je suis restée dans ma chambre. Il m'a
appelée pour le dîner et il a parlé de Tamara. Il a dit
l'aimer comme un fou, s'être comporté comme un
nul en voulant faire d'elle une bourgeoise. Alors que
c'était une indomptable, a-t-il pleuré dans son poulet,
une femme comme tu ne seras jamais si tu continues
d'être conne. Moi, je regardais avec pitié la cuisse où ses
larmes dérapaient. À présent, je connaissais le poison
contenu par mon père, sa violence. Je me suis tue, il a
crié. Il m'a dit Maintenant qu'on est seuls, il faut devenir intéressante, parce que la vie d'Inès, je m'en fous.

Je n'ose pas dire à maman que mon père est devenu méchant. Aujourd'hui, je ferme la porte de ma chambre. Tu la rouvriras dès qu'il y aura quelqu'un dans ma vie, c'est ça ? me demande-t-il. Lise dit qu'il est en dépression. Je le sens dans tout l'appartement. Ça fait des marches entre les pièces, je passe mon temps à monter, descendre. Dès que je le croise, je perds l'équilibre. Lise lui demande d'être moins hargneux. Même elle, il la jette violemment. Guy lui a fait un regard de tueur et Lise a tortillé des fesses, contente que son mari fasse mec. Après, elle n'a pas pu s'empêcher de caresser les cheveux de mon père, mais il a dégagé sa main.

Tamara ne me manque pas mais on nous a demandé de nous aimer absolument parce qu'on n'avait pas le choix, puis on nous a obligées à cesser de nous voir. Tamara m'a quand même élevée, pendant presque quatre ans je crois. J'aimais bien son parfum, sa voix, le mouvement de ses vêtements, ses recettes de cuisine timbrées. Elle soignait mes faux bobos, j'inventais des maux incroyables pour trouver l'endroit de sa présence.

5

J'avais pourtant *dégonné quate* lapins, dit Priscille, en se trompant. Compte tenu de ma position inconfortable, je me permets de soupirer et de lui répéter sa phrase sans les fautes. Mais Clarence me demande de la boucler. Je suis accroupie sur un seau, la jupe relevée, la tête entre les genoux, et j'accouche d'un requin bleu. On le verra dans le générique de fin. Reste invisible, hurle Clarence, je ne dois pas voir ton visage et surtout tais-toi.

Priscille n'a pas de mémoire. Or Clarence tient à ce que l'on respecte la moindre lettre de son texte. Il devrait inverser les rôles, moi aux pelles, et Priscille, la tête dans le seau. Mais il garde le casting tel quel, moi le cadavre et elle l'amoureuse. De temps en temps, Michel et maman font irruption sur le tournage. Ils nous apportent des jus de fruits, ils nous signalent qu'ils vont se promener. La voiture démarre et je me demande ce qui se passera s'ils ne reviennent pas. Eh bien tu resteras ici, Terra, dans l'Algeco toute ta vie, et je ne te réclamerai pas. Dire qu'à une époque j'ai tenté d'exiger la garde partagée. Garde-toi toi-même, fiche-moi la paix !

Priscille se braque quand Clarence s'énerve, alors il s'énerve contre moi. Je ne me penche pas assez, je dois m'asseoir, tout le poids du corps sur le seau, comme une masse, mais le seau me coupe les cuisses, il est rouillé, il est cassé. Je ne le dis pas. Dans ma fierté, c'est impossible de me plaindre comme une petite actrice.

J'ai d'abord longuement évolué en tongs. Puis les douleurs de l'accouchement m'ont prise et je me suis accroupie sur le seau. La peau de mes cuisses se fendille. J'ai peur que Clarence me gronde de m'être blessée. J'ai peur que mon sang le dégoûte. Alors je ne dis rien. Et Priscille recommence à se tromper. Elle a de la chance de ne pas sentir la tension dans la voix de Clarence. C'est le problème avec les gens comme moi qui ont davantage de sensibilité que de beauté. Ils sentent tout, dans les interstices. Et moi je dérive dans les interstices de Clarence. Je voudrais fuir, en finir avec lui, mais je donnerais aussi tout pour qu'il me voie, je donnerais même les baisers, ça y est, je suis prête, quand faut y aller faut y aller, je suis prête à tout pour qu'il se rende compte que j'ai moi aussi des interstices. En un après-midi, devant des pommes en formation, je passe du dégoût pour l'aligot des langues à une volonté totale, même mieux, un désir, je veux que Clarence m'embrasse et tant pis pour la famille. Je ne le veux même pas pour remplir mon été et concurrencer l'Arménie d'Inès, je le veux pour m'ébranler moi-même, j'ai comme une voix à faire sortir.

Le pitbull est un chien gentil dès lors qu'il n'est pas éduqué à l'encontre de ce qu'il est, un chien gentil, oui, puissant certes à cause de ses mâchoires virtuoses, m'a appris ma tante Lise, et ma mâchoire est-elle virtuose quand Clarence l'éclate tout à coup, me fait valser du seau en m'envoyant sa main dans la joue droite, puis gauche, aller-retour, séquence que l'on va tourner une seconde fois parce que le seau est tombé ?

Pour l'image, Clarence doit me frapper mais, surtout, rien ne doit bouger. À peine ma tête. Tu restes, tu tiens, tu mets de la volonté, sinon tu es mauvaise actrice. Tu as le choix, bonne ou mauvaise, toute ta vie, bonne ou mauvaise. Tu ne vas quand même pas faire comme ces espèces de filles ? Priscille me demande si j'ai eu mal. Je ne réponds pas. Elle insiste auprès de Clarence, il doit faire semblant de cogner, elle a vu une émission sur les trucages, elle peut taper dans ses mains pour produire le son de la gifle, et lui n'aura qu'à mimer le geste. Tu as eu mal ou pas ? me demande Clarence. Pas du tout, dis-je, la tête entre les genoux. Tout ça n'est jamais que du ciment. Il suffit de choisir son manteau. C'est quand même intéressant, ce qui m'arrive. L'Arménie, d'accord, mais une relation forte sur un tournage avec un futur grand artiste, c'est autre chose. Je pourrais appeler maman à l'aide, lui dire qu'on rentre à la maison, toutes les deux, parce que mon futur frère me cogne, mais c'est une scène pour un film, rien de méchant. Je dois m'habituer sans faire d'histoires, trouver ma place, ni dans la pièce, ni dans le couloir, dans le seau là. C'est sur le seau que je suis dans le vrai. Alors qu'une fille belle comme Priscille réclame d'emblée un trucage, moi je réclame la vérité. J'ai une pieuvre dans mes interstices, papa me l'a dit et lui, il sait.

La baffe suivante me fait retomber mais pour la troisième, je trouve un truc, je m'assois profondément, le seau dans les cuisses comme des encoches. J'ai tellement mal aux cuisses que je ne sens plus mes joues. Là, tu es belle, murmure Clarence les mains ballantes. Je relève les yeux vers lui, la caméra approche. Coupez, dit-il, libérant ses yeux, plongeant dans les miens, tu es magnifique, tu ne vas finalement pas crever tout de suite.

Je suis si légère en retournant vers la maison pour les laisser en paix dans l'Algeco, Priscille et lui, que je sens à peine mes coupures. Tu as bonne mine, me dit maman en me croisant. Elle aura ta peau, déclare Michel. Elle le regarde en souriant longtemps, comme au Monsieur, dans notre rue, un monsieur qu'on croise souvent et qui ralentit le pas de maman. Il nous a vues remplir le coffre de la voiture avant qu'on parte en vacances. Il a pensé qu'on déménageait et il a parlé à maman. Il lui a demandé Vous partez ?

Elle lui a répondu Oui, mais juste le temps de revenir.

6

Pour l'anniversaire de Clarence, maman a fait un gâteau en forme de loup, disposant trois cakes en visage, des barquettes à la fraise en guise d'oreilles, des yeux en réglisse et une langue en bonbons. Elle lui a précisé que ce n'était pas de son âge mais qu'elle avait compensé l'absence de bougies par cette petite plaisanterie. Et qu'est-ce que tu me prévois comme ânerie pour cette année ? a demandé Michel à son fils alors que Clarence refusait de souffler son unique bougie, me proposant de la souffler pour lui et frôlant ma cuisse sous la table. Je me demande si c'est normal, un fils de dix-neuf ans en vacances avec nous et qui joue avec moi.

À cause de sa violence parfois, à cause de l'absence de mère, à cause des bêtises qu'il a commises par le passé, à cause de ses études qu'il ne suit pas assidûment, et puis à cause des mouches ! plaisante maman pour accélérer mon coucher. Elle accepte de répondre à mes questions mais Michel l'attend, Michel n'a pas envie qu'elle mette des heures à redescendre, il lui a servi un digestif, un feu, un film, quelque chose rien qu'à eux, c'est l'heure des enfants morts pour les parents vivants, mais maintenant, précise maman, tout est réglé, Clarence est redevenu très doux, un gosse vraiment sympa, enfin un gosse. Maman n'a aucune envie d'être privée de Michel. Et si elle reconnaît que Clarence est un malade, il va falloir s'en occuper, ne pas laisser sa fifille au contact du timbré. On protège son enfant quand on est une mère, Terra, on ne la laisse pas jouer dans une boîte surchauffée avec un gars placé en semi-liberté ! Ce n'est pas parce que Guy t'a offert un HintHunt que tu sais t'évader. Tu es coincée, ma grande.

On ne raconte à personne que maman me couche. Elle passe me dire bonsoir sans que j'aie à demander, elle sait bien que je ne peux pas m'endormir avant qu'on se soit dit les mots. Les mots, les mêmes depuis que je suis petite, mes questions prêtes, ses réponses faites, une sorte de corde entre elle et moi, après je peux rêver de n'importe quoi, je sais qu'elle m'attend au sol pour l'atterrissage, les violences, et que son bonsoir répare tout. Elle caresse ma lèvre doucement. Je répète que je suis tombée d'une chaise pendant que j'accrochais des rideaux dans l'Algeco et maman me demande s'il est amusant d'avoir une maison rien qu'à soi. Elle veut savoir si Priscille est gentille, si Clarence se conduit bien. Elle ne te snobe pas, au moins ? Il ne l'embrasse pas trop devant toi ?

Elle a vraiment le compas dans l'œil, ta mère. Tu vas te faire mettre, Terra, tu le sais très bien, tu es toute petite mais tu ne veux que ça, tu aguiches Clarence avec ta gaucherie, les hommes aiment bien les filles qui tanguent, n'ont pas l'air droites dans leurs chaussures, ils leur demandent n'importe quoi, malgré leur âge et leur jeunesse, les hommes sont des mendiants mais avec des filles comme toi, ils n'ont même plus besoin de tendre la main, c'est toi qui t'assois sur leurs doigts. Ça te travaille, le premier baiser, ça te dégoûte mais tu veux foncer, tu en as marre d'être une petite fille, tu veux voir ce que ça fait d'aimer, mais il ne t'aimera pas, ce gars-là, il s'amusera à te tripoter en t'obligeant à la boucler. Comme tu es petite, tu ne diras rien, tu n'oseras pas le répéter, puis tu souffriras toute ta vie. Tu auras du mal avec les hommes, tu finiras par te confier à l'un de ceux qui voudront t'aimer. Tu lui feras confiance d'un seul coup, beaucoup trop, sans aucune mesure, alors il sera pire que les autres, il t'écrasera comme une fourmi, il emportera ton secret, tu n'auras même plus ta blessure pour te raconter ton histoire, tu l'auras donnée à un con.

Clarence a prévenu Priscille. Il compte la tromper avec moi. Je n'ai pas compris s'il parlait de la vraie vie ou de son film et je n'ai pas demandé de précision. Parfois, Clarence m'arrange une mèche de cheveux, il dit Ne bouge pas, il dit C'est ça, il dit comme dans les films du soir que ma mère arrête quand elle les trouve trop noirs, zappant sur quelque chose de clair, pour que mes idées restent propres. C'est sa façon de jouer la bonne mère, elle te choisit des images douces mais elle te laisse toute la journée enfermée dans une cabane d'ouvriers, avec un gars plus vieux que toi dont elle sait qu'il a un problème. Mais il ne faut pas l'accabler, ce pauvre garçon n'est pas si grand, il faut lui donner une chance. Elle la lui donne, elle lui donne toi, une petite esclave amoureuse, Terra !

Ce soir, Clarence sort au village. Il m'a proposé de venir avec lui, et quand maman a insisté pour nous déposer, nous attendre, venir nous chercher si on voulait, j'ai refusé, à cause de la honte. Pas la honte d'elle, elle est gentille, et elle m'attend toujours discrète, mais à cause de moi qui danserai. Clarence dit que dans ce bar on danse. Et même dans le combishort parfait que maman m'a offert pour l'été, je ne vais pas me sentir à la hauteur, surtout si Priscille se trémousse. Je préfère attendre au fond de mon lit de l'entendre rentrer dans la nuit. J'espère qu'il ira dans sa chambre. Hier, il est venu dans la mienne. Il est resté debout, près du lit, sans bouger, pendant très longtemps. Il est ressorti doucement. Je l'avais entendu approcher alors j'avais fourré mon nez dans l'oreiller, dénudant une épaule, un pied, comme dans les films aux scènes torrides, avec l'amour genre on y va, ça plaisante pas, on met le paquet. J'avais peur que mes yeux gigotent à cause de son regard sur eux. Dans l'oreiller, il ne me voyait pas, il voyait seulement mon épaule et mon pied. Il a pleuré contre ma nuque. Des larmes épaisses, c'est ça l'amour. Il est sorti en reniflant.

Avant Tamara, papa avait eu une copine. Tu te souviens d'elle, Terra ! Encore une que tu as fait fuir ! La nuit, son chat venait sur mon lit, et me caressait le visage. Terrifiée, je gardais les yeux clos, de peur que, les ouvrant, il m'attaque. La copine de mon père disait que son chat était amoureux de moi. Au mot amour, je me collais à papa, pour lui montrer que ça ne changeait rien, ce chat, et papa me serrait dans ses bras. J'étais bien bête de te cajoler, je te serrais pour que tu t'en ailles, je te serrais pour que tu étouffes, je te serrais pour que tu me lâches !

Il faudrait que je parvienne à dormir mais j'ai peur que Clarence me surprenne. Je veux l'entendre monter l'escalier, parce que si je me réveille avec lui à mon chevet, je vais sursauter. Alors je dois l'écouter rentrer. Écoute-le donc rentrer, Terra, je ne suis pas certain de son joli son. Il vaudrait mieux que tu t'aplatisses sous ta couette et que tu fermes à clef. Colle une chaise contre la porte, fais du bruit pour que ta maman vienne. Empêche-le d'entrer dans ton lit, il va te baiser, c'est le mot, tu le sais ? Tu sais déjà qu'il est malsain, violent, bizarre, mais ça te plaît tant qu'il te regarde.

Ça fait comme un lapin chaud quand Clarence se colle. Je suis assise devant la fenêtre de l'Algeco, un sac enfoncé sur la tête, je dessine à l'aveugle avec du beurre. J'enduis le bureau. Fais de grands gestes, masse bien le bois, me dit Clarence. Quelquefois, je rencontre une écharde, j'appuie dessus pour l'enfoncer fort.

Je sens que Clarence m'aide à évacuer mes terreurs. Il est physique, comme dit ma mère quand elle le voit porter du bois. Elle tient à complimenter Michel sur son enfant, mais elle ne sait qu'en dire de précis, et lui, de son côté, sait bien que l'enfant des autres, on n'en a pas grand-chose à faire. C'est Clarence qui assure le feu du soir. Il est serviable, il rentre le bois. Quand Michel et maman s'enflamment, il peut me rejoindre dans ma chambre. Moi, je sais qu'il le fait pour ça.

Pour la nouvelle séquence, Priscille frappe à la porte de l'Algeco et je me lève, les mains beurrées, le visage masqué, et je lui ouvre. Là, Priscille me fait remarquer que j'ai une drôle de coiffure, je retire le sac et lui explique que c'est lié à une *violemment* envie de mourir.

Je ne critique plus les adverbes de Clarence, je m'exécute, une fois, dix fois, autant que la séquence nécessite de prises et de plaques de beurre. Priscille en a marre de frapper à la porte, ça lui fait mal aux poings, elle demande l'autorisation de frapper avec les pieds et quand Clarence lui répond Essaye un peu, elle rit. Alors que moi je sais qu'il y a une prostate dans son Essaye un peu, et pas un lapin chaud. Le manque de respect risque de lui attirer des problèmes, mais Priscille s'en moque, peut-être qu'elle sait se faire pardonner. Je l'invite à entrer dans la pièce et lui propose du jus de goyave. Elle oublie qu'on tourne un film alors elle me demande si je n'ai pas plutôt un Coca. Clarence coupe. Il se prend la tête entre les mains, il hurle dedans. Il nous a dit que hurler dedans était bon pour l'expression des yeux. Quand il a bien hurlé dedans, ses yeux sont roses. Priscille éclate de rire. Je suis la seule à voir le cri rouler dans la pièce, rebondir contre les murs, et m'atterrir en plein front. Je roule à mon tour, Clarence dit Moteur ! Priscille me tend la main, je me relève, et quand il murmure Magnifique, elle dit Je sais ! mais moi je le prends pour moi, bien sûr. Il me l'a déjà dit, hier soir, en pleurant sur mon lit, en coulant sur ma tête cachée dans l'oreiller.

La scène en extérieur doit être paradisiaque et bucolique. Priscille, assise par terre, compose un bouquet d'herbes tandis que, adossée à l'Algeco, je porte la main à mon front pour observer l'horizon. Soudain, un bruit gigantesque nous fait sursauter. Pour le bruit, Clarence a demandé l'aide de Michel et de maman. Munis de marteaux et de casseroles, ils doivent, cachés non loin, tambouriner de toutes leurs forces. Entre deux prises, ils sortent de leur cachette pour savoir ce qu'ils peuvent améliorer. Chaque fois qu'il voit leurs têtes, Clarence leur demande de se planquer mais Michel le prend à la légère, il plaisante avec maman du professionnalisme de son fils, et maman ne répond rien.

Ensuite, Clarence nous offre une pause. Par discrétion, je me replie vers le pommier pour les laisser se retrouver, Priscille et lui. J'aime bien ces moments où je suis seule un instant. Tu n'es pas seule puisque je suis là ! C'est moi qui suis seul, sans Tamara ! Toi, tu as des vacances, des amis, du soleil ! Moi, je suis chez moi, je la guette et elle ne revient pas. C'est ta faute, Terra.

Maman me rejoint près du pommier. Elle regarde l'horizon. Elle me caresse la joue. Tu as des couleurs, me dit-elle. Elle bâille. Elle soupire. J'espère qu'elle ne pense pas à rentrer plus tôt. Maman est capable d'interrompre les vacances. À tout instant, elle peut sentir qu'on est mieux toutes les deux. Elle me l'a dit, un jour, quittant Quick ou un autre, je ne me rappelle pas. Et je l'ai approuvée, parce qu'on est bien comme ça. Je me demande ce qu'elle a en tête, mais ça sent l'extinction. Depuis hier, elle ne rit plus quand Michel fait des blagues. Ni la démarche de vieux pépé, ni la casquette sur les yeux, il a eu beau se creuser la tête, elle n'a pas ri et, pire, elle n'a pas vu. Je me demande où ma mère est partie. Ce ne serait pas la première fois qu'elle détale brutalement, parce qu'elle bande trop.

Maman me dit :

— Michel aimerait m'emmener deux jours au bord de la mer. Tu resterais ici avec Clarence, le temps qu'on fasse l'aller-retour ? Ça te plairait ?

8

Il faut que je te salisse, tu es trop belle, m'a dit Clarence. Regarde en quoi tu te transformes depuis que ta maman t'a laissée. Tu as tellement peur que tu ruisselles. Mais à vouloir plaire à tout prix, tu n'as pas osé lui demander de rester avec toi, de ne pas fuir. Tu as voulu jouer l'enfant sage, Terra, pour t'assurer qu'elle t'aime encore, alors que tu rêvais de lui dire Non, ne pars pas, reste avec moi. Et elle, évidemment, tu parles ! Elle a dit oui au bord de mer, oui à l'homme, mais elle va se réveiller, je te jure, et si ça peut te faire plaisir, déjà maintenant, à peine arrivée là-bas, elle déteste Michel qui conduit et son air satisfait de l'hôtel qu'il a réservé rien que pour elle. Et il le lui dit plusieurs fois jusqu'à ce qu'elle réponde quelque chose, une impertinence qui le fait rire, et ce rire la débecte encore. Elle se dénude pour en finir, mais lui a prévu le champagne, devant la fenêtre, et elle étouffe, alors elle l'ouvre, mais il se jette sur sa gorge, Ne prends pas froid dans le courant d'air.

Elle n'aime pas le dîner qu'il exige, les talons, la robe, le restau, où il va falloir rigoler, se sourire, s'aimer fort. Elle, ce qu'elle aime, c'est son silence, sa paix, l'amour dans les idées.

J'ai voulu appeler maman, pour lui dire de revenir, mais Clarence m'a surprise avec mon téléphone, et il m'a demandé d'être grande, et gentille avec nos parents, qui ont besoin de temps ensemble, sans nous, les enfants. Une nuit, ce n'est rien. Il m'a donné la main et j'ai senti ma pieuvre remuer à l'intérieur, exiger qu'on lui rende son tentacule manquant. J'ai retiré ma main mais Clarence l'a mal pris. Il a même exigé que je la lui remette en poche. Il l'a gardée longtemps, au chaud près de son lapin. On a déjeuné avec Priscille et je me suis agacée parce que Clarence a demandé l'ouverture d'une deuxième barquette préparée par maman. On entamait la portion du soir, et Clarence s'en moquait, il m'a dit qu'il ferait des pâtes à la place, mais moi je savais que maman avait préalablement pensé aux menus et que c'était sa façon de rester proche de moi en étant loin. Si je me fais des pâtes alors que

ce soir elle a prévu du poulet-riz, on n'est plus connec-
tées, et Clarence a ri en me traitant de bébé crispé. Et
Priscille l'a accompagné, dans le rire haut, vers quelque
part, elle a regardé vers mes yeux, ou juste au-dessus,
derrière mon front. Je me suis demandé si elle savait
à quel cadeau je pensais maintenant. J'avais tellement
envie de faire un cadeau à ma maman.

Priscille et Clarence sont allés dans l'Algeco et
Clarence a emporté mon téléphone. Je ne peux plus
appeler ma mère. Mais je ne peux pas rester ici. C'est
comme si j'avais une prostate qui me courait dessus,
tout électrique, avec des pattes couvertes de rouille. Je
prends une barquette dans le frigo, je la glisse dans mon
sac à dos, je prépare mon matériel utile et je m'apprête
à tailler la route. Mais Clarence rentre dans la maison,
et je cache mon sac sous mon lit. Tu m'attendais ? me
demande-t-il, entrant dans ma chambre sans frapper. Je
veux relâcher ma pieuvre dans l'eau, retrouver maman,
qu'on s'en aille. Je voudrais qu'elle n'ait ni peur ni mal,
je ne veux pas l'affoler bien sûr. Mais si je pouvais juste
un moment me coller à son ventre, y entrer. Clarence

est monté sur mon dos, je garde le visage dans l'oreiller, qu'il croie que je me suis endormie. J'essaye de
me détacher de ce qui se passe, mais son lapin gigote
derrière. Il creuse un terrier dans mes fesses. Il pleure
sur mon dos et s'en va. Quand je pleure, après, j'ouvre
grand la bouche pour que papa lui crie dessus. Mais il
ne dit rien, il se tait, puis marmonne Tu t'es fait baiser.

Maman a des larmes dans les yeux quand je rigole
sur le dos d'un poney, elle les essuie vite mais je les
vois. Elles m'indisposent mais je ne m'indigne pas.
Maman est une sorte de lumière, c'est compliqué de lui
demander de l'aide alors qu'elle vient à peine d'arriver
à l'hôtel, elle regarde la mer, je ne voudrais surtout pas
déranger, je reste dans ma chambre, pas dans le couloir.
J'écoute le bruit du vent le soir. À cette heure, elle a
mis son parfum, une robe, elle se maquille devant le
miroir, je la regarde, elle m'accorde un peu de rouge
aux lèvres et je rêve d'avoir un jour les mêmes boucles
qu'elle. Elle accroche une broche dans ses cheveux, je
voudrais lui en offrir une bleue, en forme de papillon,
d'étoile, peut-être de plage si j'en trouvais.

Je vais lui préparer des offrandes. Je voudrais remplir notre maison de cadeaux merveilleux rien que pour elle, je voudrais qu'elle n'en croie pas ses yeux. Je l'ai si souvent vue ouvrir des paquets nuls. Je voudrais tomber dans le mille ; tu veux lui plaire, c'est ça, Terra ? Si je ne trouve pas de barrette de plage, je pourrais lui offrir un bracelet. Un bracelet en forme de fleur, avec des feuilles plates qui grimperaient le long de sa main comme du lierre. Je voudrais lui offrir un coussin, une housse de couette, une écharpe, un chapeau, des gants, une boussole, je voudrais lui offrir un bijou, un pendentif pour son cou et je mettrais ma photo dedans. Encore toi ! Mais tu ne peux donc pas la lâcher ? Elle veut t'oublier ! Elle est partie au bord de la mer, fais donc ta vie, fiche-lui la paix !

9

Je vomis papa dans le fossé. Il y a des morceaux de lui qui s'enfoncent. La terre l'absorbe. Je voudrais qu'il remonte, sous forme de fleur ou de pêcher. Ou bien qu'il redevienne un saule et que je puisse m'abriter dessous. Personne ne me guide sur la route qui me conduit chez moi. C'est trop de détours de passer par la mer. Maman me trouvera. Elle aura l'idée de rentrer chez nous, elle poussera la porte et je serai là, des cadeaux pour elle plein les bras.

Tamara disait qu'on pouvait se repérer la nuit, grâce au ciel, à condition de rester dans l'hémisphère Nord. C'est peut-être pour ça qu'un jour elle s'est perdue. La nuit tombe et le soir me protège. En sortant du bain, maman me portait de la salle de bains à ma chambre, on jouait avec les interrupteurs en disant Jour, nuit. Des deux, c'était la nuit qu'on préférait. J'y pense en avançant. Je n'ai pas de limite de vitesse quand je pars

retrouver maman, c'est comme si j'étais mon camion
Fisher-Price avec le cœur qui frotte le goudron, tellement fort qu'il le décolle.

L'auto-stop est interdit, mais pour gagner du temps,
quand on a l'assassin aux trousses, est-ce qu'on peut
lever le pouce ? J'hésite, je marche dans le fossé, je dois
rester cachée, ne pas me montrer, éviter d'être toujours
en plein milieu, à chercher les regards. Je dois penser
à me faire transparente. S'il m'arrivait quelque chose,
maman s'en voudrait d'être partie à la mer. Il ne m'arrivera rien. Elle va vite me rejoindre, morte d'inquiétude
peut-être, je vais la rassurer.

Un camion s'arrête, il a de grands phares. Devant ces
lumières-là, on ne sait jamais si on doit avoir peur ou
pas. Un bras se tend vers le fossé, une main m'extrait de
la crevasse. Quelle violence, un accouchement ! disait
la psychologue que j'ai vue quand papa a rencontré
Tamara. Des mains d'homme t'ont arrachée du ventre
de ta mère où tu aurais voulu rester, m'a-t-elle dit.
Après, maman a ri, et on n'est pas retournées consulter.

J'ai quand même fait ce qui avait été conseillé, des dessins noirs pour les jours tristes, des dessins colorés pour les jours gais. Quand je n'avais pas de feutre, je dessinais au crayon à papier. Pour compenser l'absence de couleurs, je mettais des sourires partout, même aux montagnes. Mes sourires effaçaient le gris, la mine de plomb, mais ma mère lisait ces sourires comme des crevasses, alors elle les a montrés à mon père et j'ai dû m'expliquer sur mes dessins. Il n'y avait pas de fractures dans l'air, ce n'est pas ce que j'avais voulu dire. Quelquefois, maman se confiait à mon père mais, juste après, elle regrettait. Pour lui faire plaisir, j'ai arrêté de dessiner des sourires et quand je n'avais pas assez de couleurs pour un dessin gai, j'écrivais dans des bulles un propos rassurant. Je suis rose joue, jaune canicule et vert bonbon, déclaraient mes bonshommes gris aux bouches closes.

Dans le camion, il y a un calendrier de filles en maillot de bain. Le maillot de la fille de droite lui rentre dans les fesses. Le chauffeur a planté une fléchette au milieu. Je ne sais pas ce qu'il a voulu dire par là mais sans doute que ça rime à quelque chose, tout rime dans la vie, dit maman, et moi j'en fais des poésies. Récite, me dit le chauffeur, voyant mon cahier sur mes genoux. Il ferme sa fenêtre, il fume dedans, je vais sentir la cigarette et maman croira que c'est moi quand j'arriverai là-bas. Je prends garde à ne pas trop parler, je sais qu'il ne faut pas déranger. Je lui dis que mon papa vient de mourir. Je l'ai vomi dans l'herbe mouillée et depuis je n'entends pas bien. Je lui dis qu'il va ressusciter. J'y crois parce que l'amour invente, maman dit qu'elle inventera tout si un jour j'en ai besoin. Le chauffeur se penche sur mes genoux, je serre mon cahier contre moi. Je l'ouvre à la page de la pieuvre, ses tentacules m'enveloppent doucement, elle me presse et je sens quelque chose couler, c'est Clarence qui s'en va cette fois. Je suis une petite femme dans un camion, j'ai peur que le chauffeur m'en veuille d'abîmer le siège passager.

Je ferme les yeux. Je suis sur le lit de maman, sous sa couverture en patchwork. Maman va arriver. Elle va me tenir dans ses bras. On retournera à la plage, on donnera nos crêpes à une mouette, on jouera sur les toboggans, ils seront devenus trop petits pour nous.

On se couchera en regardant le plafond et on y verra des étoiles, on les comptera en se rappelant mes dessins gris, ses souris vertes, on s'endormira bien complètes. Je cherche sa main, elle me la tend, je la dépose sur mon front, il l'embrasse, il la console puis il la couvre d'encre rouge.

Le chauffeur mouille une serviette avec sa bière, il me lave la bouche et les yeux et puis il me tend un sandwich. Par terre, je vois un hélicoptère conduit par un petit bonhomme bleu, je voudrais l'attraper pour l'offrir à maman. Sur l'épaule du chauffeur, il y a un tigre, et dans ses yeux quelques dollars. Je voudrais lui arracher la peau et la rapporter à maman. Le chauffeur me donne des chaussettes, elles me font des palmes au bout des pieds, je pense à mes pyjamas de bébé que maman a gardés dans une boîte. Je crois que le chauffeur sent Balafre, un parfum qui fait rire maman, mais je ne sais pas pourquoi, à cause du côté mâle je crois. Elle dit qu'aux hommes il faut bien ça pour être durs, avoir une aura. Après, elle me dit T'en fais pas, ton prince charmant sera différent. Elle s'en veut de dire du mal des hommes que je n'ai pas encore rencontrés.

Le chauffeur retire mes habits mouillés. Il me tend une couverture. Je m'enveloppe de la tête aux pieds mais il la remonte en entier. Il la colle sur mes yeux, sur mon nez. Il laisse juste ma bouche dépasser, il y dépose un lapin chaud. Balafre s'imprègne sur ma peau. Maman rira en me trouvant. Il serre ma gorge. Je crie dedans, mais maman se retourne et m'entend.

Dessous, c'est l'enfer
Fayard, 2008
Le Livre de poche, 2010

Les Cris
Fayard, 2010
Le Livre de poche, 2011

Les Bulles
Fayard, 2010
Le Livre de poche, 2012

Les Merveilles
Grasset, 2012
Le Livre de poche, 2013

Les Couplets
Grasset, 2013
Le Livre de poche, 2015

Eux
L'Olivier, 2014
Points n° 4076

Réalisation : Nord Compo à Villeneuve-d'Ascq
Achevé d'imprimer par Corlet, Imprimeur S.A.
14110 Condé-sur-Noireau
Dépôt légal : septembre 2015. N° 0790 (173112)
Imprimé en France